이성기_에세이집

그리움이 있어 행복하다

KB192400

이성기_에세이집
그리움이 있어 행복하다

1판 1쇄 발행 2024년 10월 17일 • **지은이** 이성기 • **펴낸이** 양기원 • **편집고문** 김학민 • **펴낸곳** 학민사
출판등록 제10-142호, 1978년 3월 22일 • **주소** 서울시 마포구 토정로 222 한국출판콘텐츠센터 314호(⊕ 04091)
전화 02-3143-3326~7 • **팩스** 02-3143-3328 • **홈페이지** www.hakminsa.co.kr • **이 메 일** hakminsa@hakminsa.co.kr

ISBN 978-89-7193-271-1 (03810), Printed in Korea   ⓒ 이성기 2024

이성기_에세이집

LEE SUNG KI
a collection of essays

그리움이 있어 행복하다

글 · 이성기   그림 · 이지수

학민사
Hakmin Publishers

에세이집을 펴내며

　　인간은 사회적 동물이다. 그래서 자기의 생각을 외부로 발산하고 싶은 본능이 있다. 곧 인간은 자기의 생각과 느낌, 알고 있는 사실을 표현하고, 또 타인에게 전달하고 싶어 한다. 아주 오래전의 인류가 그들의 일상을 바위에 새긴 것이 그 증거이다. 심지어 알타미라의 어두운 동굴에서도 그림으로 그들의 생활상을 표현하려 했다. 사회적 동물로서 인류의 자연스러운 행동이었다.

　　내면의 자기 생각을 드러내 보이려는 행태는 두 가지 형식으로 전개된다. 하나는 일기와 같이 자기만의 고백을 기록하여 간직하는 것이고, 다른 하나는 자기의 내면세계를 타인에게 알려 공감을 얻거나 인정받고 싶어 하는 심리이다.

　　내면을 표현하고자 하는 욕구가 자기만의 고백으로 진행될 때는 훨씬 자유롭다. 그러나 대개는 여기에 머물지 않고 타인과 공유하거나 인정받고 싶어 하는 것으로 발전한다. 자기표현에 대한 모순된 욕망의 심리이다. 그래서 자기 글을 남에게 보이려고 생각하는 순간, 바로 글쓰기는 심적 부담으로 다가온다. 지극히 개인적인 경험을 강조하거나 자세히 설명하려 들기 때문이다.

　　근래에 나는 대학에서 정년퇴임을 하고, 약간의 아쉬움과 홀가분함 속에서 중장년의 삶을 살아가고 있다. 나의 전공은 농업, 그중에서도 식육학食肉學이었다. 말하자면 내 전공은 자연과학 중에서도 응용과학의 영역이다. 그러하니 지금까지 전공을 살려 강의용 교재 등 여러 권의 식육학 관련 책을 썼지만, 그것은 드라이한 과학서일 뿐이었다.

　　이제 퇴직으로 식육학의 현장을 떠나고 보니 인간의 삶, 곧 인간과 사회를 아우르는 삶의 넓은 스펙트럼을 내 사유의 목표로 삼고 싶었다. 나는 그 목표를 그리워하는 본능적 열정과 현실적 능력의 한계 사이에 고민하고 있다. 그래도 꿈을 찾아 한발 한발 나가다 보면 그 간극을 줄일 수 있을 것이리라 믿었다.

　　그러나 막상 컴퓨터 앞에 앉으면 혼란스러운 생각에 주저주저하게 된다. 내 생각을 정리하여 글로 표현하는 기술이 부족하기 때문이다. 일기를 쓰듯, 자기 생각을 고백하면 글쓰기가 쉽다는 점을 안다. 일기책은 나만의 비밀스러운 창고이니, 잘 쓰고 못 쓰고 남을 신경 쓸 필요가 없기 때문이다.

　　작가는 독자의 반응을 의식할 수밖에 없다. 내가 전에 벨기에 겐트대학교 방문 연구교수를 끝내고 귀국하여 『벨기에 이야기』라는 책을 출간했을 때, 어느 친구가 "유럽으로 출발하기 전부터 책을 내고자 계획하셨군요"라고 덕담을 했다. 그러나 벨기에 체류기를 쓸 목적으로 여행을 하고 글을 썼다면 책으로 출간하지 못했을 것이다. 나는 그냥 순수하게 내가 보고 체험하고 느낀 사실들을 단순 기록한다는 생각으로 썼기 때문에 글이 모일 수 있었고, 그래서 그 글들을 정리하여 책으로 펴낼 수 있었다.

연구소와 대학에 몸담았던 동안, 바쁜 일상에서 잠시 일탈하여 안식할 수 있었던 것은 나와의 대화였다. 가끔 생활에서 느낀 생각이나 자연에서 받은 단상을 적어 두곤 했다. 일종의 내 시공간에서 즐기는 취미였다. 분명 자연과학도의 책무와는 거리가 먼 영역이다. 아마도 그런 행위가 나에게는 그리움과 안식처를 제공했고, 때로는 놀이였나 보다. 글을 통해 자신과 소통하며 위로받고 싶었는지도 모른다. 결국, 그 글들이 쌓여 내가 살아온 작은 역사가 되고, 삶을 바라보는 나의 눈이 된 것이다.

몇십 년 동안 간간이 써 놓은 기록이 이제 버리기 힘든 유산이자 계륵鷄肋이 되었다. 새삼 돌이켜 보니 기록은 존재에 관한 확인 작업이었고, 고독에 대한 위로였다. 그리고 나를 지탱하고 이끈 꿈의 실천 행위이기도 하였다. 이번에 용기를 내어 그 글들을 세상 밖으로 나오게 하였다. 오래 묵은 체증이 가시듯이 시원하면서도 부끄러운 일이기도 하다.

이 글들을 모아놓고 보니, 안식하고 싶다는 본향에 대한 그리움, 나이를 먹어가며 변해가는 일상사에 대한 소박한 고찰, 산과 들을 돌아다니면서 얻은 자연과 생명에 대한 사색, 대학 시절부터 몸담아 온 흥사단 활동과 민족에 대한 관심 등으로 나눌 수 있었다.

　　책으로 묶으면서 지극히 개인적이거나 힘들고 슬픈 내용은 제외하였다. 그렇지만 유년과 청소년 시절부터 중장년에 접어들기까지 가슴에 머물렀던 속살은 모두 들춰내었다. 이 책에 조금이라도 관심을 가진 독자들이 이 고백에 공감할 수 있다면 나에게는 큰 기쁨이다. 우리 모두 호모 사피엔스이니 말이다.

　　2022년에 출간된 『세상의 모든 고기』에 이어, 이 책도 나의 둘째 딸 지수가 솜씨를 발휘해 삽화를 그려줘 아버지로서 흐뭇하다. 지수의 도움으로 책이 훨씬 예뻐졌다. 『벨기에 이야기』(2003)부터 인연을 이어와 『세상의 모든 고기』(2022)도 출판해 주신 학민사의 양기원 대표가 이 책도 맡아주셨다. 너무나 감사하다.

　　　　　　　　　　　　　2024년 7월 이 성 기

차례

에세이집을 펴내며 4

1
나의 살던 고향은 꽃피는 산골

2
그리워라, 옛 동무들

6
교수가 본 세상

7
이런 생각 저런 생각

1

나의 살던 고향은
꽃피는 산골

내 고향 학사평

　　미시령은 설악산의 황철봉과 상봉 사이에 아스라이 앉아, 바닷가 속초와 내륙 인제를 연결하는 큰 고개이다. 초저녁이면 상현달과 큰 별이 걸려 있었던 내 유년 시절의 미시령은, 한국전쟁 때 닦았다는 미로로써 우마차도 다닐 수 없었던 옛 고갯길의 흔적만 있었다. 나는 서녘 하늘을 가로막고 선 태백산맥 허리에 움푹 들어간 미시령을 보면서 그 너머 세상을 동경하곤 했다. 고개 넘어 세상이 너무 궁금하여 꿈속에서 나타나기도 했다.

　　이제 미시령은 자동차가 달릴 수 있는 길이 되었고, 터널까지 뚫려서 구태여 고개 위로 올라갈 필요가 없게 되었다. 교통의 기능을 상실한 미시령이지만, 옛길 따라 관광 차량이 오가고 있다. 한때 호황을 누렸던 정상 휴게소는 문을 닫았지만, 바람에 머리카락을 어루만지며 사진 찍는 관광객들만 서성거리고 있다.

　　미시령 정상에서 동해바다를 향하면 저 아래로 저수지가 보이고 여기서부터 바다까지 평야가 시작된다. 평야가 시작되는 곳이 내 고향 학사평이다. 울산바위 아래에 있는 저수지에서 시작하여 학사평, 신흥리, 척산, 노리, 도리원을 두르는 소야 평원이 뻗어 속초 시내에 있는 청초호까지 닿아 바다로 이어진다.

학사평에서 설악산을 쳐다보면 신선봉, 상봉, 울산바위, 달마봉이 가깝게 다가와 감싸고, 그 위로 마등령과 황철봉, 더 멀리 중청봉과 대청봉이 진을 치고 있다. 장마철에는 토왕성 폭포의 물줄기가 손에 잡힐 듯 보인다. 계절에 따라 여름의 푸른색, 가을의 단풍 든 붉은색, 겨울의 백설로 선명한 설악의 채색을 즐길 수 있는 곳이다.

전설에 의하면, 북쪽으로 날아가던 학이 울산바위 아래 모래밭에 앉았다고 하여 학사평鶴沙坪이라 했다고 한다. 억만년 동안 산야로 잠들어 있다가 한국전쟁 때 곳곳에 포화의 상처를 입은 땅이다. 사람들은 전화戰禍의 상처가 모두 가시지 않았던 1960년에 첫 삽을 떠 황무지를 개간하기 시작하면서 신흥촌新興村을 형성하였다.

초기 개척민들은 아무런 농사 정보가 없는 메마른 땅에 곡식을 심었고, 그것만 바라보고 생존이라는 운명을 걸었다. 경험과 지식 및 자연의 순리를 이용하여 농사를 지어야 하는데, 불행하게도 60년대 학사평은 척박한 토양과 농사의 무경험, 예측 못 하는 자연재해로 농민들을 더 고달프게 만들었다.

차창 밖에 옹기종기 모여 있는 촌락이 지나가고
길옆 전봇대가 신나게 지나가고 있다.
다리 건너 숲을 지나 세월을 뚫고 달린다.

책보 던지고 쥐불놀이하던 불알 동무
가재 잡아 넣어 둔 새까만 고무신
불구멍 나버린 나일론 쫄쫄이 바지
알루미늄 도시락에 눌러 담은 노란 강냉이밥이
희미한 추억 속에 아른거린다.

윗대 어른들 이야기를 진지하게 들려주시던
아버지는 이미 세상을 떠나셨고,
인생의 석양을 말씀하시는

백발의 어머니와 함께
군축령을 넘어 인제 계곡을 지나서
고향으로 간다.

어디서 개 짖는 소리가 들리고
저녁밥 짓는 연기 내음이 날 것 같은
그리움이 꿈틀대는 곳
아버지가 잠들어 계신 그곳으로 가고 있다.

- 〈고향 가는 길〉

미시령 골짜기에는 바람 공장이 있는 것 같았다. 봄, 가을 그 바람이 흙먼지를 날리며 학사평 벌거벗은 산야를 훑어갔다. 어린 시절, 미시령 아래 내 고향은 가난만큼이나 그 바람도 잔인한 것으로 느껴졌다. 지형의 특성상 봄, 가을에 미시령 골짜기를 타고 불어오는 이 강풍은 양양과 간성 사이에서 부는 바람이라고 해서 '양간지풍襄杆之風'이라 불렀다.

광풍狂風은 신작로에 있던 모래를 날려 내 시골집 창문을 사정없이 때렸다. 바람이 불고 나면 수확을 앞둔 벼 이삭이 논바닥에 뒹굴었다. 1년 농사가 헛되던 날, 부모님의 낙심한 얼굴 모습이 지금도 잊히지 않는다.

학사평은 가족을 부양해야만 했던 아버지의 고단한 삶의 현장이었고, 나에게는 어릴 적 추억이 서려 있는 고향이다. 미시령과

양간지풍은 초기 이주세대들이 겪었던 강인한 삶을 어린 소년이 성장하며 헤쳐나갈 수밖에 없을 그 삶에도 원동력이 되었다.

이제는 고향에 가도 어릴 적 미시령 골짜기에서 소를 풀어먹이며 저수지 근처에서 함께 놀았던 형과 친구들은 오간 데가 없다. 그들도 훌쩍 달아난 시간을 뒤에 두고 지금 그 어디에서 나처럼 옛날을 회상하고 있겠지. 과거에서 현재까지 세월의 연속선 위에 서서 그 바람을 맞이하고 있다.

기억 속에 남은 유년의 흔적은 이제 치유할 수 있을 만큼의 그리움으로 변하여 내 마음을 여유와 사랑으로 채워 미시령을 포용하고 있다. 세월이 흘러 학사평은 개척의 땅에서 현대식 관광 마을로 변모하였다. 대규모 콘도미니엄과 민박 시설, 수많은 순두붓집이 들어차면서 삶의 여유를 즐기고자 몰려오는 관광객들이 북적대고 있다.

대청봉을 바라보며

우리 집은 설악산의 울산바위 아래에 있어, 그 배경이 항상 산이었다. 설악산은 이름이 말해주듯 눈이 많이 쌓이는 산이다. 첫 눈은 언제나 대청봉 꼭대기에서 하얗게 시작되었다. 태백산맥이 높게 가로막고 있는 동네라 내 고향은 유달리 눈이 많이 왔다. 늦겨울 동해안의 습기를 잔뜩 먹은 구름이 눈으로 변해 태백산맥을 넘지 못하고 학사평에 떨어지곤 했다. 여지없이 폭설이었다.

1960년대 중후반쯤 되었을까? 그 겨울도 싸락눈이 쉼 없이 내렸다. 어릴 적 경험으로 볼 때 함박눈이 내리면 날씨가 포근하여 쉽게 녹지만, 싸락눈은 추위를 동반해 녹지 않고 쌓인다. 며칠간 눈이 내리면 처마 끝까지 쌓여 창문을 가리기 때문에 집안은 굴속처럼 어두웠다. 요즘은 경험하기 어려운 전경이었다.

아버지는 눈 때문에 갇힌 부엌문을 어렵게 열고 나가 지붕 위에 쌓인 눈을 아래로 밀어내기에 바빴셨다. 어린 마음에는 아버지가 마당의 눈을 치우지 않고 왜 지붕 위 눈만 치우는지 이해하질 못했다. 마을은 집끼리 고립되었고, 누구네 집이 무너져 내려앉았다는 소문도 돌고 있었다.

전기도 안 들어오고, 대중교통도 없었던 오지라서 눈이 쌓이면 자연스럽게 마을이 고립되었다. 외부 세계의 소식을 유일하게 접할 수 있는 매체는 라디오였다. 그 라디오에서 히말라야 등반 전에 설악산에서 전지훈련을 하던 대원들이 눈사태로 매몰되었다는 뉴스가 흘러나왔다.

이것이 어릴 적 처음 접한 히말라야 등산에 대한 기억이다. 그곳은 설악산 희운각 좌측에서 대청봉으로 이어지는 소위 '죽음의 계곡'이다. 산에 오른다는 것, 이렇게 폭설이 쌓이는 악천후에 세계 최고봉을 오른다는 의미가 무엇인지, 어린 소년은 도저히 이해할 수 없었다.

고등학교 시절, 우연히 우리나라 산악인들이 히말라야의 마나슬루 원정에 도전하는 기록 영화를 보았다. 그 원정대는 정상 등정에 실패하였지만, 당시 그 기록 영화는 진귀했다. 사춘기 소년에게 히말라야의 장엄한 봉우리와 협곡, 파란 하늘 아래 빛나는 설경이 신비함과 두려움을 안겨 주었고, 나도 거기에 오르고 싶은 욕망을 주기에 충분했다.

청소년기부터 오늘날까지 등산은 나의 취미가 되었다. 동네의 야산이든, 더 높은 이름 있는 산이든 산과 함께 하면 좋았다.

산행할 때면 문득 히말라야에 오르는 이들을 생각하기도 하고, 관련 소식에 귀를 세우기도 하였다.

1977년, 고상돈 대원이 한국인 최초로 에베레스트에 올랐다는 소식을 들었다. 가난에서 벗어나 잘 살아보려고 몸부림치던 시절, 온 국민에게 커다란 희망을 안겨준 뉴스였다. 그에 대한 특집 방송이 전파를 타고 소개되었다. 충청도 출신의 멋진 사나이 고상돈, 그의 도전은 멈추지 않았다.

1979년, 그는 미 대륙에서 가장 높은 봉우리인 매킨리 (6,194m)를 등반하기 위해 나섰다. 떠나기에 앞서 "꼭 살아 돌아오겠다…"고 연인에게 간절한 사랑의 메시지를 보냈다. 그러나 불행하게도 그는 약속을 지키지 못했다. 정상을 밟은 후 하산하다가 조난을 당한 것이다. 그의 나이 29세였다.

고산에 도전했다가 희생된 사람이 어디 이들뿐이겠는가? 2009년 7월 10일, 여성 등반가로 에베레스트 8천 미터 이상 13봉을 세계 최초로 도전했다가 성공 직전 산화한 고미영(당시 41살)도 있다.

2011년, 박영석 대원 등 3명이 조난 당했다는, 믿기지 않는 소식이 들려왔다. 박영석은 워낙 유명한 산악인이라 일반인도 잘 알고 있었다. 에베레스트 13좌를 모두 오른 베테랑 등반가였기에 그 충격도 컸고 안타까움도 더 했다.

그는 생전에 "지금까지 등반하다가 사고로 여러 동료를 잃었다. 지난 1979년 고상돈 대원과 함께 북미 매킨리에서 하산하다가 나는 극적으로 살아남았다"는 인터뷰가 기억에 생생하게 남아

있다. 그는 최근에 "큰 산행을 할 때마다 신에게 안전한 산행을 해달라고 빌지 않는다. 다만 언제 어떻게 출발하고 철수할 것인지를 현명하게 판단하고 결정할 수 있는 지혜를 달라고 기도한다"고 말했다.

박영석도 그만 산행을 멈추고 엄홍길처럼 다른 방면으로 사회봉사를 했으면 좋으련만 하는 생각을 해보았다. 등산은 국민 누구나 부담 없이 즐길 수 있는 여가수단이고, 건강을 증진 시키는데 좋은 운동이다. 산이 거기 있으므로 우리는 오른다. 산은 행복을 체험하게 해준다.

엄마의 '동동구리무'

라일락lilac은 우리말로 수수꽃다리이다. 원뿔 모양의 꽃차례에 달리는 꽃의 모양이 수수를 닮아 '수수꽃다리'라고 한단다. 4월이면 수수꽃다리의 매혹적인 향기가 사방으로 퍼진다. 꽃말은 '첫사랑, 젊은 날의 추억, 우정' 등이다. 그래서 라일락은 그 진한 향기로 인해 젊은이들에게 어울리는 꽃이다. 꽃의 이미지보다 향기로 인한 느낌이 더 강렬하다.

라일락 향기와 관련한 여러 추억이 있다. 라일락 향기는 어릴 적의 '동동구리무'와 '박가분'을 생각나게 한다. 나의 어린 시절, 부모님은 농사일 때문에 언제나 바쁘셨고, 자식들에게 보리밥과 죽이라도 먹이려고 애쓰셨다. 그러니 자식의 공부보다 당장 먹고사는 일에 급급하셨다.

새벽 일찍 밥을 해놓고 논밭으로 나갔다가 어두워지면 집에 돌아오셨던 어머니였다. 내가 기억하는 어릴 적 어머니의 얼굴은

햇볕에 그을리다 못해 검정 구릿빛이었다. 그만큼 시골에서 농사를 지으며 사는 삶이란 무척이나 힘들었다.

우리 집 장롱 위에는 항상 어머니가 아끼는 물건이 놓여 있었다. 실제로 어머니가 사용하시는 것을 본 적은 없지만, 자주 만져 보시는 것으로 보아 귀한 물건인 것 정도는 알고 있었다. 그것은 화장품이었고, 시골에서는 그것을 '동동구리무'라고 불렀다.

나도 가끔 어머니 몰래 '동동구리무' 뚜껑을 열고 냄새를 맡아 보았다. 밋밋한 느낌에 이어 역겨운 냄새가 풍겼다. 속이 메슥거려 구역질이 날 것도 같았다. 어릴 적 화장품에 대한 나의 첫 느낌이었다.

나는 집에서 4km 정도 떨어진 초등학교에 다녔다. 아이들은 학교가 끝난 후 대개 부모님의 농사일을 도왔고, 소수만 상급학교인 중학교에 들어가기 위해 늦게까지 교실에 남아 공부했다. 교실에 남아 공부하는 그룹에 낀 나로서는 크나큰 행운이었다. 어떻게 하든지 아들을 공부시켜 가난하게 살지 않게 하겠다는 부모님의 간절한 소망 때문이었을 것이다.

어느 날 어머니께서 불쑥 우리 6학년 교실로 들어오셨다. 아마도 선생님을 만나러 교무실에 갔다가 안 계시니 교실로 오신 것 같았다. 당시 어머니가 왜 학교를 방문하였는지는 모른다. 내가 공부를 잘했기 때문에 학교로부터 무언의 방문 압력이 있었는지 모르겠다. 그러나 분명 나의 어머니인데, 붉은 입술과 하얀 밀가루가 얼룩지게 묻은 새까만 얼굴이니, 지금껏 내가 보던 어머니와는 전혀 다른 모습이었다.

햇볕에 그을린 얼굴 위에 동동구리무와 분을 바르고 오신 것이었다. 어린 나이에도 보기에 어색한 어머니의 모습! 더구나 선생님 앞에서 연신 허리를 굽혀 "선상님, 선상님" 하며 몇 번씩 머리를 조아리셨던 어머니는 평상시의 모습이 아니었다.

어색하고 부끄러워 쥐구멍이라도 있으면 숨고 싶었다. 이 '사건' 이후 나는 절대 학교에 오지 마시라고 어머니에게 화를 냈고, 실제 이후 어머니는 두 번 다시 학교를 방문한 적이 없었다.

고등학생이 되었다. 시골집을 떠나 도회지 사촌 형님 집에서 기거하며 학교에 다녔다. 나보다 띠동갑 이상의 형수님은 언제나 어머니같이 따뜻하게 대해 주셨다. 내가 화장품 냄새를 싫어한다는 사실을 알게 된 형수는 그때마다 농담을 하며 약을 올리셨다. "도련님이 언젠가 결혼하면 화장한 색시와 함께 있을 텐데, 그땐 어떻게 살 거요? 장가를 가지 말든지, 아니면 미리 화장품 냄새에 익숙해지세요."

어느 여름날 오후, 낮잠에서 깨어 정신을 차리는데 얼굴에서 묘한 냄새가 나지 않는가? 속이 울렁거렸다. 거울을 보니 얼굴이 온통 화장품으로 뒤범벅되어 있었다. 형수님이 장난삼아 내 얼굴에 나이트 크림 같은 것을 잔뜩 발라놓은 것이다. 형수님은 연신 웃으면서 "도련님이 장가가기 위해서는 미리미리 화장품 냄새를 맡는 것에 익숙하도록 연습해야 한다"고 농하셨다.

라일락 향기는 대학에 들어와서도 별로 좋아하지 않았다. 새내기였던 1976년 봄, 자주 봉의산을 오르곤 하였다. 춘천의 봄은 이름 그대로 긴 겨울이 지나고 얼음이 녹아 물이 흐르는 계절이다. 봉의산 중턱의 성심여대 캠퍼스(현 한림대학교)를 거쳐 오르내리면 하얀색, 노란색, 자주색, 보라색 꽃들이 만발하였고, 그 진한 꽃 향기가 캠퍼스에 가득했다.

그중 유난히 향기가 강한 꽃이 있었다. 그러나 울컥 토하고 싶은 그 냄새! 나중에 알게 되었지만, 라일락 향기였다. 라일락 향기를 맡는 순간 동동구리무 냄새, 화장품 냄새가 본능적으로 떠오른 것이다. 라일락 향기가 실제로 나이트 크림이나 파운데이션의 향기 성분과 같은지 아닌지는 모른다. 그렇지만 라일락 향기를 맡을 때마다 나도 모르게 화장품 냄새를 떠올린다.

직장생활을 하면서도 종종 라일락 비슷한 향기를 맡거나 연상하는 곳이 있었다. 직장 동료들과의 회식 후에 2차로 맥주 한잔 마시기 위해 들리는 술집이다. 특히 장마철에 지하 술집에 들어가면 그 역겨운 냄새가 나곤 했다. 드문 일이지만, 과일 안주에서도 화장품 냄새가 풍긴 적도 있었다. 그렇게 라일락 향기는 싸구려 지하 술집에서 나는 냄새로 연상되곤 했다.

사실 라일락 향기는 그렇게 부정적으로 인식되는 냄새가 아니다. 꽃향기가 문제가 아니고 내 코가 문제이다. 라일락은 대학 캠퍼스의 낭만을 상징하는 꽃이다.

웃음 짓는 커다란 두 눈동자
긴 머리에 말 없는 웃음이….
라일락꽃 향기 가득한 날
교정에서 우리는 만났소….

윤형주의 〈우리들의 이야기〉라는 노래의 한 구절이다. 아이러니하게도 이 노래 가사에 매료되어 한때 나의 애창곡이 된 적이 있었다. 분명 라일락은 젊은 시절을 상기시켜 주는 나무임이 틀림없다. 세월이 흘러 불현듯 라일락 향기가 생각났다. 대룡산 자락에 있는 주말농장에 심고 싶어졌다.

왜 충동적으로 라일락을 심고 싶었을까? 지금의 나처럼 중년이 되어 있을 어릴 적 동무들의 모습이 보고 싶어서일까? 저세상에 계시는 어머니에 대한 그리움 때문일까? 대학 시절, 향기 나는 편지지에 영사운드의 〈등불〉이라는 노래의 가사를 보내준 여학생이 생각났기 때문일까? 화장 냄새를 이성의 냄새로 인식했던 젊은 날의 욕정에 대한 기억 때문인가?

　　지난 일요일, 라일락 한 그루를 심었다. 지금까지 나와 함께한 아름다운 추억의 향기로 인식되는 상징물로써 말이다. 아니면 지금까지의 잘못된 인식을 버리고 사랑과 낭만으로 승화된 라일락을 기대하면서 말이다.

연애편지

한국식품연구원에 근무하던 28살 총각 때 아내를 만나 짧은 기간이지만 연애를 하였다. 경기도 이천에서 교사로 있었던 여성을 선배가 소개하여 만난 것이다. 이전에도 몇몇 여성과 소개로 만난 적이 있었지만, 만날 때마다 뭔가 느낌이 닿지 않았다. 그러던 차에 지금의 아내를 춘천의 한 찻집에서 만나게 되었다.

첫인상은 조금 통통하고 수줍어하는 모습에다 말수가 적었다. 내가 좋아하는 긴 머리 소녀가 아닌 단발머리였고, 서울 여성들처럼 세련된 의상이 아니었다. 그러나 잔잔하게 대화하면서 진솔한 행동, 겸손한 이지理智가 마음에 끌렸다. 두어 번 만나고 나서 결혼하기로 마음을 정했다.

결혼 전에는 직장이 서로 떨어져 있어서 자주 편지를 주고받았다. 세월이 흘러 강원대학교로 옮기면서 식품연구원에 있었던 책과 함께 모아놓은 편지 뭉치도 자연히 딸려왔다. 그러나 편지

뭉치는 연구실의 캐비닛 바닥에 있어서 다시 꺼내 읽어볼 여유가 없었다. 어쩌면 편지가 있다는 사실도 잊어버리고 30년을 보냈다.

정년이 다가오면서 그동안 버릴 수 없었던 것을 버려야 하는 시점이 되었다. 각종 편지도 그런 것들이다. 그중 아내가 쓴 한 뭉치의 편지를 꺼내 읽어보았다. 어느 편지에 "사랑한다, 보고 싶다"는 구절이 있었다. 아내는 진솔한 사람이지만, 자상하게 표현을 못 하는 성격이다. 그래서 신혼 시절에도 알콩달콩 살지 못했다.

어머니와 한 아파트에서 20년을 함께 살았고, 3남매를 키우며 직장을 다녔던 아내와 나는 언제나 허둥대며 세월을 보냈던 것 같다. 그렇다고 상대에게 상처를 줄 정도로 심하게 다툰 적도 없었다. 나는 조용히 연리지連理枝처럼 살아왔다고 생각하지만, 아내에 의하면 그냥 무심하게 살아왔단다.

거기에는 나와 아내의 타고난 성격도 한몫했다. 자상하지 못한 담담한 성격이었다. 평생 남편에게 가슴아픈 잔소리를 하지 않았던 아내에게 고마움을 가지고 있다. 그러니 적어도 결혼 후 서로 사랑한다든지, 보고 싶다는 이야기를 아내에게서 들은 기억이 없다. 그런데 연애 시절의 편지에서 '사랑'이라는 글귀를 발견한 것이다.

이 아름다운 편지도 모두 버렸다. 진하게 남긴 아쉬움만 가슴에 남기기로 했다. 어차피 유형이 아니라 무형의 인연이 나와 아내를 이어줄 테니 말이다. 퇴근해서 아내에게 연애 시절에 당신이 "사랑한다, 보고 싶다"라고 쓴 편지를 보았다고 했더니, "그까짓 편지 모두 버렸다니 잘했어요" 하고는 미소만 지을 뿐 더는 말이 없었다.

식구 생각

어머니

"아이고, 무시라 무시라(무서워라 무서워라)!"

어머니는 늘 뙤약볕에서도 밭을 매셨다.

뽑아도 뽑아도 2, 3일 지나면 다시 나오는 끈질긴 잡초.

진짜 무서운 것은 잡초가 아니라 어머니의 고달픈 삶이었다.

큰누나

소식이 뜸해 큰누나에게 전화를 드렸다. 언제나 변함없는 목소리.

"동생 반갑네. 별일 없니? 그렇지 않아도 전화하려고 했는데. 이번 주말이 엄마 제사지? 춘천에 내려갈게."

칠순 나이에도 목소리는 여전히 정정하다. 독실한 신앙심과 꾸준한 운동으로 단련된 누나가 며칠 전 다리 관절에 병이 나서 고생이란다. 매일 등산하고 아파트 계단을 오르내리던 그 다리가 병이 났다. 벌써 2주째 운동을 못 했단다.

세월의 흐름 속에 누나도 노화를 비껴가지 못하고 있다. 엄마의 느낌이 나는 누나다. 누나는 동생이 근래 조금 야윈 것 같다며 속상해 하곤 했다. 누님과의 전화가 점점 소중해진다. 어머니에 대한 그리움 때문인가? 훌쩍 지나가 버린 세월 탓인가?

작은누나

박정희 정부의 산업화 건설부흥이 한창이던 1970년도 초에 우리 남매는 당시 열병처럼 농촌을 떠나 상경했다.

동생인 나는 집안 기둥이라고 해서 학교에 다녔고, 누나는 공장에서 돈을 벌었다.

동생의 학비와 용돈을 책임진 누나

밥해주고 빨래 해주며 엄마처럼 돌봐줬던 누나

누나가 끓여줬던 된장찌개 맛도
그 시절 기억도
세월에 묻혀 아련해지고 있다.

여동생

"오빠~"
오래간만에 안부 전화 걸어온 동생의 반가운 목소리
막내의 어리광스러운 목소리는 이제 차분한 중년의 소리로
변했다.
목소리도 흰머리처럼 초로로 변하나 보다.
관절염 치료 약 때문일까?

"오빠~ 별일 없으세요. 한동안 뜸해서….."
진솔하게 와 닿는 절제된 말이다.
동생의 목소리는 자꾸 동심으로 이끌고 있다.
학사평 들판에서 뛰어놀았던 우리 남매도 이제 환갑을 지나
고 있다.
시간은 무심히 흘러가는데…. 가까이 있어도 그립고 고향
을 지켜줘 고맙다.

꿈에 본 아버지

지난밤에 꿈을 꾸었다. 나 어릴 적 시골집이 배경이다.

꿈속의 우리 집은 낡고 허물어지기 직전의 모습으로 오목조목하게 웅크리고 있었다. 아버지는 농사를 지어 가족을 먹여 살리려 언제나 분주하셨다. 삶은 허기지고 지쳐 보였지만, 가족 모두 단란하고 행복했다.

전기가 들어오지 않는 시절이라 시골의 어둠은 빨리 찾아왔다. 고단한 하루를 마감하는 저녁에 이어 곧 다가올 안식의 밤이 기다리고 있었다. 암흑 속에서 별들은 유별나게 쏟아지고 있었다.

나는 연인 같은 사이인 한 여성을 아버지에게 인사드리게 했다. 아버지는 농사일을 마치고 막 마당으로 들어오신 상태라, 햇볕에 탄 얼굴에 허술한 옷차림이었다. 그 시절, 부모님께 인사드리는 그 자체가 결혼을 의미하였으니, 며느릿감을 만난 아버지의 행복한 얼굴이 어둠 속에서도 확인할 수 있었다.

　우리의 신혼 방으로 건넌방을 쓰고 싶다고 여쭤보니, 그 방은 오랫동안 방치해 두어 집 자체가 무너질 염려가 있다고 하셨다. 그러면서 큰방에서 함께 지내자고 하신다. 그만큼 집안이 어려웠다. 꿈속에서 시골의 밤은 점점 적막의 암흑으로 내달렸고, 별빛과 미래의 아내는 아름답게 보였다.

　이상하게도 그렇게 말씀하시는 아버지에게 섭섭한 마음이 들지 않았다. 이것마저 행복하게 느껴진 것은 아마 과거와 현실을 넘나든 객관적 인식 때문이리라.

　꿈에서라도 아버지를 다시 뵐 수 있어 반가움에 눈물이 났다. 아버지는 내가 결혼하기 전에 돌아가셨으니, 꿈속 아버지와의 만남은 가난한 삶의 무게가 아닌 미래의 며느리를 동반한 즐거움이었을 것이다.

부의금 노트

　창고 속에서 우연히 발견한 빛바랜 종이상자를 열어본다. 강산이 세 번 변할 동안 고미古米 냄새를 피우면서 용하게도 살아남았다. 편지와 나부랭이 글들이 제멋대로 모여 뭉쳐있었다. 불현듯 되살아나는 젊은 날의 열정, 야릇한 감정, 야망과 고독이 묻어있었다. 일기만큼이나 진솔한 타임캡슐이다.

　빛바랜 겉봉투의 글씨를 보면서 행복한 몽상가가 되어 지나간 시간을 더듬고 있다. 보고 싶은 얼굴, 그리운 사람아, 돌아올 수 없는 세월아! 과거 여행이 현실로 부활하고 있다. 나는 잠시 세월이라는 전선으로 흘러들어오는 진한 감전을 느끼고 있다.

　서재를 정리하다가 우연히 아버님 상喪 때의 부의금 노트를 발견하였다. 색깔이 누렇게 바랜 노트는 금방이라도 바스러질 것 같은 상태였다. 돌아가신 지 32년 만에 세상으로 나온 것이다.

1979년, 아버님의 별세 소식을 받고 급히 춘천에서 속초로 달려가고 싶었지만, 이미 마지막 버스가 끊긴 상태였다. 자취방에서 망연자실한 나를 위해 밤새움을 같이한 친구들의 고마움을 생각하면 지금도 가슴이 뭉클하다.

중풍으로 몇 해 누워 계신 아버지 간병을 하며 농사를 지어 오신 어머니는 제정신이 아니었다. 당장 학교를 그만두고 집으로 달려가 농사일을 이어야 할 유일한 아들은 대학 4학년이었다.

부조 금액을 살펴보니, 앞 페이지에 다섯 사람으로부터 돈을 꾼 금액이 적혀 있었다. 큰일을 치르기 위해 돈이 필요했던 모양이다. 꼭 다시 갚아야 했기에 빌린 돈을 제일 먼저 적어 놓은 것 같았다.

당시는 모두가 어려운 시절이었지만, 우리 집과 시골 동네는 유달리 가난했다. 대부분 천원을 부조하였고, 간혹 이천 원, 오백 원을 낸 사람도 있었다. 그 외 소주 대병 하나, 소주 4홉 2병, 탁주 1되, 백미 1되, 양초 1갑 등 소소한 물건으로 부조한 사람도 많았다. 그 이름들을 보니 지금도 익숙한 동네 아저씨들이다. 이제 그분들도 모두 아버지 따라 떠나셨다.

춘천 친구들의 부조 기록도 적혀 있다. 집안 경제를 책임지고 있었던 친구 Y는 거금 삼만 원을 보내왔다. 당시로서는 큰돈이었다. 흥사단 도산연구회(아카데미) 학생 일동 만원, 강원대학교 축산학과 4학년 일동 만원이 눈에 띄었다. 가난한 시절의 대학생들이라 돈이 없었을 텐데….

대학의 은사님도 부조하셨다. 이 사실을 까맣게 모르고 내가 현직에서 함께 교수 생활을 했으니 죄송할 따름이다. 은사님도 이미 세상을 떠나셨다. 교수가 학부생의 관혼상제에 부조금을 챙기기는 쉽지 않았을 것이다. 교수님께 죄송하고 또 감사하다.

부조 노트 뒤 페이지를 뒤져보니 시詩 한 구절이 적혀 있었다. 기억을 더듬어 보았다. 아버지가 돌아가시고 얼마 후 뒷집 할아버지가 오셨다. 평상시 "아우, 잘 계시는가?" 하며 들리시는 양정현 할아버지이다. 그분은 해주고보를 나오셨는데, 학생 때 반일운동으로 옥살이를 했다고 들었다.

독립 유공자로 보훈 되셨는지는 알 수 없지만, 술이 거나하게 취하면 우리 집을 방문하셨다. 제청祭廳의 아버지 영정 앞에서 호탕하게 웃다가 또 우시곤 했던 할아버지이신데 49재인지 1년 상 때인지 모르지만, 시를 한 수 읊으려고 하니 나에게 받아 적으라고 하셨다.

벗님아 네가 가니 학사평 뜰 안이 적막하구나.
끝없이 그리운 옛날의 그 모습을 언제 다시 뵐까.
그대 황천길 간 후에 주막이 있거든
이 벗이 뒤에 간 후 물 없다 말고 내려무나.

그 할아버지도 몇 해 후에 돌아가셨다. 세월이 많이 흘렀다. 시간은 일상의 많은 것을 잊게 하지만, 아버지의 상喪 때 적은 부조 노트만은 버리지 않아야겠다.

어머니와의 이별 연습

1

통증에 입술이 트고
넋이 나간 눈동자
뼈대만 남은 쇠약한 육체로
지쳐 누워 계신 어머니

두 눈은 석양의 허공에 걸려 있고
육신이 지쳐 삭아 내려앉고 있다.

앙상한 가지에 달린 낙엽처럼
2005년 가을 어머니는 그렇게 서서히 꺼져가고 있었다.

붙들고 싶어도

다시 봄을 드리고 싶어도
아니 욕심을 부리지 말고
이 가을을 지켜 드리고 싶어도
하늘이 명하는 생명 순회의 열차는
멈추지 않고 지나가고 있다.

같이 나누지 못한
현실적이고도 직접적인 고독과
육체적 고통

기도하는 마음으로
안타까운 심정으로
어머니를 바라본다.

이게 아닌데,
원래 어머니의 모습이 아닌데,
자식을 위해 헌신하셨던 나의 어머니가 아닌데,
아들 공부시키랴 뼈 빠지게 농사를 지으면서도
언제나 당당하셨던 그 어머니가 아닌데

그을린 얼굴에도 화장하시고
멋을 잊지 않았던 어머니

그 어머니가 아닌데

오늘 어머니를 목욕시켜 드렸다.
당신의 몸을 정갈하게 하고 싶어도 말이 안 듣는 육체 때문에
더 힘들어하시나 보다.

내가 저 배에서 나왔고
저 젖을 먹고 자랐는데
왜 이렇게 어머니 알몸을 보니 어색한지.

비누 묻힌 손으로 어머니 온몸을 문지른다.

내가 갓난아이 때 어머니 냄새를 맡았던 기분으로
가죽만 남은 피부를 더듬는다.

어머니가 그리울 테니깐
아니 어머니를 그리워해야 할
그날이 가까이 올 테니깐

언젠가 그날이 오면
어머니를 덜 그리워하기 위해
지나간 자리에 남는 아쉬움을 줄이기 위해
지금 어머니 몸을 만지며 확인하고 있다.

이미 조각만큼 남은 삶의 여정이라도
수월하게 가시도록
간절히 바라는 마음으로
몸을 어루만지고 있다.
나는 지금 어머니와 슬픈 이별 연습을 하고 있다.

2
어머니는 병원 침상에서
주렁주렁 생명 연장선을 달고
누워 계신다.

눈동자가 자꾸 흐려만 가고
한곳으로 모이면서
발음이 새어 희미하게 입속으로 맴돌고 있다.

어디로 떠나야 할 긴 여행에 앞서
흩어지는 영혼을 바로잡고자
이 지상에 그리운 얼굴을 확인하시나 보다.

어디 갔다 왔니?
간병인에 의하면
어제저녁부터 오늘 아침까지 아들을 찾으셨다고 한다.
'흥사단 대회'에 다녀왔다는 말 대신
웃음으로 어머니 손을 잡아 드리고
많이 안 아프시죠?
엉뚱한 질문을 했다.

그토록 짓눌렀던 육체적 고통이
이제 서서히 풀리시나 보다.
고통의 고개를 넘어 안식의 날개를 펴시려나 보다.
당신은 이미 한복을 입고
멀리 떠나는 꿈을 꾸셨다고 한다.

점점 빨리 다가오는 운명의 시간만큼
갑작스레 떨어지는 기력으로
대화의 시간은 줄어들고 있다.
할머니의 손을 잡은 딸아이의 눈에서
소리 없이 흐르는 눈물이 많아지고 있다.

편안한 얼굴이 그나마 다행이다.
해 드릴 수 있는 것은 웃음,
애써 웃음으로 어머니의 눈동자를 바라본다.
이처럼 어머니 눈동자를 열심히 쳐다보고 확인한 적이 있었을까.

조만간 다가올 그날 때문에
현실과 과거 지나간 일들이 복받쳐
미안함과 죄스러움이 밀려온다.

나 걱정하지 말라, 걱정하지 마라.
어머니의 마지막 부탁에 따라
어머니 방의 농 속 이불 구석에서
꼬치꼬치 모아 둔 지폐와 저금통장, 인감도장을 찾았다.

이제 현실적인 일을 해야 하는 내 모습
통장을 드니 억눌렀던 눈물이 흐른다.

얼굴이 눈물로 뒤범벅된다.
아무도 없는 어머니 방에 앉아
거울을 쳐다본다.
그동안 정신없이 살아온 내 메마른 가슴에
어디 눈물의 공간이 있었으랴
몇 십 년만에 보는 본능적이면서 아이 같은 내 얼굴

지나가는 인생 열차에서 예외는 없는 법
어젯밤 고통 때문에 못 주무셨기에
오늘은 늦게까지 주무시나 했는데
지금까지 못 깨어나셨다.
이게 아닌데,
이렇게 의식의 문을 닫는 것이 아닌데

편안한 얼굴
그리워해야 할 얼굴
의사가 해야 할 소생 방법이 없다는 선고에
지금 나는 더 할 수 없는 절망의 시간에 서 있다.
아무것도 해 드릴 수 없이

3
의식이 가신 지 일주일

불러 봐도
흔들어 봐도
반응이 없으시다.

처음에는 가끔 두 눈을 크게 떴다 감았다 하시더니
이제 두 눈을 감고
산소마스크에 의지한 채
삶을 이어가고 계시다.
스크린에 맥박과 호흡 커브를 그리는 소리만
병동의 적막함을 깨고 있다.

어떻게든 치료로 회생할 수 있는 바람이
어떻게든 빨리 편안하게 가셔야 한다는 바람으로 변하였다.

희망이 없다는 것
현실에서 희망이 없다는 것
견딜 수 없는 절망이지만
다음 단계의 희망
영혼의 세계로 가야 할 편안한 여행
그것만을 기원할 뿐이다.

현실적인 시간 개념도

무엇이 그리 의미가 있는지 모르지만
운명의 시간 앞에서 넋 없이 지키고 있다.

어머니의 승천하는 그 시간을 기다릴 수밖에 없는
인간이 만들어 놓은 숫자 단위 시간 앞에서

4
나는 회한悔恨의 마음으로 저승에 계신 어머니를 떠 올린다.
지금도 안타깝고 죄송하다.

아내는 맑은 날에 갑자기 번개 치듯 시어머니를 회상한다.
형언할 수 없는 감정의 잔해들이 가슴에서 뛰고 있다.

내 마음은 이슬비가 되고 소리 없이 흐르는 눈물로 강이 된다.
굽이굽이 돌고 돌아 호수 되어 머물고 있다.

아내 마음은 문득 격렬히 나타났다 사라지는 파랑 물결이
변덕스럽게 일고 있다.

나와 아내는
머물고 떠나는 차이
연속적이고 불연속인 차이

지속적이고 순간적인 차이기도 하다.

어머니가 그랬던 것처럼 우리도 그렇게 인생길을 걷고 있다.
우리도 늙어가고 있다는 것
함께 닮아가고 있다는 것
결국 같다는 것이다.

참으로 질긴 인연이다.
그것이 사랑이라고 해도 좋을 것이다.

차례를 지내며

추석 명절이 다가오고 있다. 추석이란 농경 생활을 해왔던 우리 조상들이 오곡백과를 수확하여 조상에게 감사를 드리며 차례를 지내는 명절이다. 미국의 추수 감사절은 칠면조를 먹고, 우리는 수확한 농산물을 조상들께 올린다.

명절에는 흩어져 살던 형제들이 부모님 계신 곳에 모여 먹고 마시면서 즐거움을 나눈다. 그러나 음식을 누가 준비하는가? 추석맞이 전 산소 벌초는 누가 하는가? 곧 명절에는 부수적인 번거로움이 따른다. 명절 직후 부부 싸움이 잦아지고 이혼이 늘어났다는 보도도 있다.

3대가 모여 살아온 집은 전통적 공동체 체계에 익숙한 인간 관계를 유지하고 있다. 그러나 오늘날에는 각자 떨어져 살다가 명절에 어쩌다 모여 다시 전통 가족의 구성원이 된다. 곧 명절이라는 짧은 기간 대가족이 되니 여러 갈등이 일어나기 쉽다. 그나마 시골 고향 집이면 좋은데, 대부분 도시 아파트에 살기 때문에 움직이는 공간이 너무 좁다.

이제 우리나라도 외식 정도는 누구나 할 수 있는 여유가 생겼다. 그렇지만 명절 음식은 다르다. 시어머니가 음식을 마련하는 동안 며느리가 뒷전에서 어물쩍하는 모습도 불안해 보이고, 며느리가 오래간만에 시댁에 와서 음식 만드는 것을 보는 시어머니의 마음도 편치 않다. 명절은 연휴이므로 여행 계획이 있거나, 종교적 문제가 있으면 모임 자체가 부담될 수가 있다.

모두가 즐거운 명절은 없을까? 벌초, 음식 장만, 사생활에 대한 질문이 없는 명절은 없을까? 요즘은 추석 차례상을 주문하여 돈으로 해결하기도 한다. 산소에 모여 주과포酒果脯를 올리는 것으로 명절을 대신하는 집안도 있다. 어떤 집은 추석 연휴 휴가지에서 간단하게 음식을 올리기도 한다.

젊은 부부는 또 다른 갈등이 있을 수 있다. 명절에 시댁 먼저 갈 것인지, 친정 먼저 갈 것인지 실랑이를 벌인다고 한다. 추석은 누구의 조상에게 감사하고, 누구의 가족과 친지를 만나는 자리인가? 문화란 그 나라의 전통적인 생활양식이니, 우리의 명절은 한마디로 가부장적 유교 문화의 산물이다. 그 전통이 갈등으로 이어져 명절의 본래 의미마저 무너지고 있다.

기독교 신자인 딸이 교회 행사를 이유로 추석에 오지 않은 적이 있었다. 아마도 차례상에 절하기 싫었던 모양이다. 내가 처음 추석에 겪은 문화적 충격이었다. 지금은 명절에는 집에 오지만, 아직도 차례 때는 뒤 구석에 서 있는 둥 마는 둥 하고 있다. 우리 집에서 일어나고 있는 새로운 갈등이다.

제사 음식은 보통 남자가 올린다. 지방을 써 붙이고, 홍동백서, 조율이시, 어동육서, 동두서미東頭西尾에 따라 제물을 상에 올려놓는다. 마음 같아서는 그 과정을 아들, 딸들과 함께하고 싶지만, 어김없이 늦잠을 잔 아들은 다 차려진 차례상에 부스스한 모습으로 나타난다. 그래도 나를 보조하여 술을 따르며 함께 제를 올린다.

아들은 제사와 식사를 모두 마친 다음 부엌에서 설거지를 하고 있다. 딸과 엄마는 TV를 보며 낄낄거리고 있다. 돌아가신 할아버지와 할머니가 그 모습을 보면 무덤에서 나올 판이다. 나의 꼰대 같은 생각을 비판하면서도 1년에 4번 돌아오는 제사 음식을 묵묵히 준비하는 아내가 고맙다.

올가을 어머니 제사 때는 산소에 가서 주과포 놓고 간단히 제사를 지내고, 형제끼리 콘도에서 하룻밤 보내자고 누님 한 분이 제안해 왔다. 아내는 웃으며 "씨도 안 먹히는 말씀!"이라고 답했다. 함께 모여 노는 것과 제를 올리는 것은 전혀 다르다는 주장이 남편의 생각일 것이라고 아내는 확신한다. 모두가 변하고 있는데, 나 홀로 이 자리에 서 있는 걸까? 흔들리는 단계를 넘어 꺾어지기 직전의 갈대처럼 서 있는 나를 발견한다.

아침이 되어 저녁이 오고, 봄이 지나가야 가을이 오듯 시간은 흘러간다. 세월만 흐르는 게 아니라 우리의 관습과 생활도 변하고 있다. 5대조까지 제사를 올렸던 전통은 이미 오래전에 무너졌다. 추석과 설이 전통이라면, 서로가 부담되지 않고 즐거운 방법을 지내야 할 시기가 왔다. 미래학자는 세상이 모계 사회로 변할 것이라 주장한다. 변화에 순응해야 하지만, 생각은 더 복잡해진다. 그래도 지켜야 할 유산, 버리지 못할 그 무엇이 있다. 고민이다.

나의 어버이날

오늘은 어버이날이다. 전에는 어머니날만 있었는데, 이제 아버지도 함께하는 '부모님의 날'로 변했다. 중고등학교에 다니는 아들과 딸이 아침에 겸연쩍게 "지금 카네이션을 달아 드려야 해요?"라고 물었다. 평상시 하지 않는 '행사'라 어색했나 보다. 전쟁터처럼 바쁘게 움직이는 우리 가족의 아침 시간이어서 생략하고 싶었지만, 그래도 교육이라는 명분 때문에 "그럼, 꽃을 달아줘야지"라고 답했다.

아직도 내 머릿속에는 자식으로부터 꽃을 받는다는 생각보다는 부모님께 꽃을 달아 드려야 한다는 생각이 더 강하다. 아버지는 일찍 돌아가셔서 가슴에 꽃 한번 달아드렸는지 기억조차 나지 않는다. 힘든 농사일, 피곤한 삶의 연속이었던 기억만 아련하다. 어머니는 가슴에 꽃을 달아 드리면 즐거워하셨다. 이제 꽃을 달아 드릴 부모님은 안 계시고, 대신 우리 부부가 꽃을 받는 대상이 되었다.

카네이션을 달고 어색한 기분으로 출근해 보았다. 오십이 넘었지만, 아직 내가 꽃을 달고 대접받아야 할 세대가 아니라고 여겼기 때문이다. 어느 선배 교수님은 사은회 때 졸업생들로부터 큰절을 받는 게 쑥스럽고 민망하다고 하셨다. "내 자식보다도 나이가 어린 졸업생들이지만, 아직 큰절 받을 나이는 안 된 것 같다."

지금 내 심정이 그 선배 교수님 생각과 비슷하지 않을까 한다. 그러나 세월이 지나면 가슴에 꽃을 단 내 모습이 어색하지 않을 날도 올 것이다. 꽃을 주고받는 것도 세월에 따라 변할 것이다. 어른은 어른답게, 자식은 자식답게 서로 사랑을 주고받으며 사는 것이 쉽지는 않겠지만, 진정한 의미가 사랑과 감사라는 점에서는 변함이 없을 것이다.

수능시험

    긴 터널을 빠져나온 듯한 홀가분함, 고3 부모라면 솔직한 기분일 것이다. 며칠 전 수능을 치른 둘째 아이 이야기이다. 결과보다는 꼭 거쳐야만 할 과정이 끝났다는 자체로도 해방감이 든다. 부모 마음이 이러하니 당사자들의 마음은 어떨까? 모두 가슴 졸이며 공부해 왔던 청소년들이다.

    이 땅의 모든 고3처럼 우리 아이도 대학입시에 대비하여 공부할 수밖에 없었다. 특별한 신념이 있거나 재능이 있다면 다른 길을 생각할 수도 있었겠지만, 평범한 아이로 정해진 교육 제도의 과정을 거치고 있다. 매일 학교와 집 사이에서 고군분투하는 모습이 안타까웠다. 건강을 위해 쉬어가면서 공부하라는 말이 목젖까지 나오다가 멈춘다. 수능 결과와 그에 따른 대학 및 전공 선택이 미래의 삶에 영향을 미친다는 사실을 누구보다 잘 알기 때문이다.

    아이를 치켜보면 건강이 걱정되고, 아이의 마음을 헤아리면

짠하다. 알아서 노력하고 있으니 그저 묵묵히 옆에서 지켜볼 뿐이다. 저렇게 경쟁하면서 수능 점수를 얻어 원하는 대학에 들어가야만 하나? 만감이 교차한다.

둘째 아이와 큰아이가 3년 터울이라 입시생 학부모 노릇을 6년간 빠짐없이 하였다. 막내도 있으니 아직 갈 길이 멀다. 두 아이를 아침 일찍 승용차로 실어 나르고, 저녁 보충수업, 야간자습, 심야자습, 주말에는 학원과 도서관으로 나르고···. 육체적인 고생은 아무 것도 아니다.

아이의 공부 스케줄 때문에 어른들의 생활 리듬도 달라졌다. 등교시키기 위해 일찍 일어나야 했고, 밤늦게야 자게 되었다. 늦게까지 귀가하지 않을 때 부모의 애타는 마음고생이 어디 한두 번이랴! 컴컴한 골목길에서 아이를 기다리던 일, 밤중에 배를 움켜쥔

아이를 데리고 응급실에 찾던 일, 지금도 생생하다.

부모의 고생담을 이야기하려는 것이 아니다. 왜 모든 아이가 이렇게 단 한 번의 시험을 위해 목숨 걸고 매달려야 하는가에 대한 근본적인 의문이다. 우리가 해야 할 것, 생의 목표를 달성하고 행복을 추구하는 길이 공부 잘해 유명 대학교 가는 길밖에 없는가에 대한 회의 때문이다. 각자의 재능이 존중되고, 그것으로 자기 성취감을 느끼고 사회적으로 인정받지 못하는 현실이 아쉽다.

문제를 제기하고 비판하기는 쉬워도 해결책의 제시는 만만치 않다. 나도 교육계에 몸담고 있어 이런 현실을 비판할 입장은 아니지만, 이제는 사회적 인식이 바뀌어야 한다. 학력에 따른 선민의식, 성골과 진골을 가르는 사회적 편견이 없어져야 한다. 교육은 그 자체에 목표와 가치를 두어야 한다. 대학 입학이 돈과 권력, 행복을 거머쥐는 등용문이 되어서는 안 된다.

63빌딩

63빌딩은 1980년대에 완공될 당시 최고의 높이를 자랑하는, 우리나라 경제 발전의 상징물이었다. 예전에 시골 사람들이 서울 오면 남산 구경을 하듯, 이제는 새로 들어선 고층 건물을 방문하고 싶어 한다. 우리 촌닭 커플 또한 연애 시절에 63빌딩을 찾은 적이 있었다. 이 빌딩에 들어가면 널찍한 복도와 깨끗한 상점들이 방문객을 맞이한다. 특급 호텔의 라운지와 달리 서민들도 부담 없이 방문할 수 있는 곳이다.

결혼하기 직전 나는 몸과 마음 모두 여유가 없었다. 박사학위 논문을 마무리해야 하는 데다가 월급쟁이로 일하며 학비를 벌어야 하는 처지였기 때문이다. 선배에게서 소개받아 사귀기 시작한 여친을 즐겁게 해줄 방법을 몰랐고, 시간적 여유도 없었다. 솔직히 말하자면 이성과 재미있게 노는 재주가 없었다. 한 번도 연애다운 연애를 해 본 적이 없는 나로서는 어떻게 여성을 대해야 할지 몰랐다.

그녀는 강원도 출신이라 그런지 말이 적고 행동도 담백하였다. 무색무취 같은 느낌을 받았다고나 할까? 그러나 그러한 분위기가 싫지는 않았다. 뭔가 편한 느낌을 받았기 때문이다. 보통 남녀가 나이 들어 만나게 되면 싫은 느낌은 빨리 오고, 좋은 감정은 서서히 나타난다고 한다. 내가 처음 만난 '감자 처녀'도 내 스타일과 크게 다르지는 않았다는 생각이었다.

63빌딩 꼭대기에 올라가 서울의 전경을 둘러보았다. 스카이라운지 바로 아래층에 전망 좋은 고급 레스토랑이 있었지만, 식사는 하지 못했다. 주머니가 넉넉하지 못했거나 내 삶의 패턴과 다른 식당이었기 때문일 것이다. 그녀에게는 미안했지만, 지금까지 그때 그 식당에서 식사하지 못한 아쉬움을 솔직하게 이야기한 적은 없다.

63빌딩을 다시 찾은 것은 결혼 20년이 넘어 몸과 마음이 성숙한 나이가 되었을 때였다. 아내는 연애 시절의 기억 따위에는 관심이 없어 보였다. 빌딩에 들어서자, 나는 아내에게 성큼 제안을 했다.

"스카이라운지 아래층에 있는 레스토랑에 가서 분위기 있게 음식을 먹어볼까?"

아내에게서 바로 답이 나왔다.

"그냥 지하 전문 식당에서 실속 있는 음식이나 먹어요."

웬만한 고급 레스토랑에 못 갈 처지는 아니지만, 아내의 의견에 따라 지하에 있는 어느 식당을 찾았다. 일식 퓨전요리 전문이었는데 음식 맛이 정갈하고 분위기도 괜찮았다. 식사를 마치고 옛 생각이 나 "스카이라운지에 올라가자"고 제안하자, 아내는 편의점에서 커피를 산 다음 주위를 구경한 후에 올라가자고 하였다. 경제적으로도 절약되고, 서울 전경보다는 쇼윈도쇼핑의 즐거움이 우선이라고 생각한 것 같다.

　스카이라운지에 올라가자 사방이 터진 통유리로 서울이 한눈에 보였다. 남쪽으로 노량진 길, 상도동 길이 보였고, 제1 한강교를 지나 노량진역이 보이며 그 뒤로 상도동, 봉천동, 신림동으로 이어지는 집들과 관악산이 보였다. 우리가 결혼 전에 자주 만났던 대방역, 노량진역 주변도 시야에 환히 들어왔다. 고등학교 시절 1년여 동안 새벽에 신문을 배달했던 지역이고, 대학 졸업 후 첫 직장이 있었던 곳이기도 했다.

　결혼 전에 아내와 함께 63빌딩에 왔던 이야기를 꺼내자, 아내는 "나 말고 다른 여자와 함께 왔느냐?"고 농담하며 환히 웃었다. 이 나이에 웬 연애 시절의 감정 타령이냐고 생각한 건지, 아니면 말이 필요 없이 가슴속에 간직하는 것이 더 아름다움으로 남는다고 생각하는 건지 모른다. 세월 속에 무디어진 감성과 마음 한구석에 남아있는 낭만이 섞이는 기분이었다.

　우리는 말없이 통유리 너머 서울 전경을 바라보며 한참을 앉아있었다. 그리고는 다 마셔버린 빈 커피 캔을 만지작거리다가 빌딩 맨 아래로 내려왔다. 흐르는 한강 물처럼 우리도 쉬지 않고 조용히 세월의 강을 흘러온 것 같다.

그
리
워
라,
옛
동
무
들

2

꼬꼬들의 합동 축제

　　내가 졸업한 초등학교는 속초 시내에서 설악산 척산 방향으로 10여 리를 가면 있다. 주위에 온천이 있다고 하여 당시는 '온정溫井초등학교'라고 불렀다. 내가 입학한 1960년대 중반에는 '설악초등학교'였는데, 이 학교보다 더 설악산이 가까운 초등학교가 있어 그 학교를 '외설악초등학교'로 하고 우리 학교를 '온정'으로 바꾸었다고 한다.

　　요즘은 교통이 발달하고, 관광산업에 힘입어 학교도 깨끗해졌지만, 옛날에는 그야말로 전기도 들어오지 않은 시골 학교였다. 한국 전쟁 시기에 군인들이 머물던 판자 건물을 교실로 그대로 사용하고 있었다. 우리 집은 학교에서 설악산 방향으로 10여 리 들어간 울산바위 아래에 있었다.

　　며칠 전 고향 친구로부터 연락이 왔다. 1970년 2월에 졸업한 속초 시내 모든 초등학교 졸업생이 모여 연합 체육대회를 연다고 하니 참석하라는 것이다. 우리 학교는 시골에 있어 졸업생이 많지 않기 때문에 인원을 채우기 위해서라도 꼭 참석해야 한다는 것이었다. 썩 마음이 내키지는 않았지만, 친구 따라 강남 가는 심정으로 속초로 내려갔다.

연합회 모임은 물론 초등학교 동기 모임도 가물에 콩 나듯 참석하는 나로서는 약간의 호기심과 긴장감이 있는 행차였다. 체육대회 전날 저녁에 온정초등학교 동창끼리 따로 만나기로 되어 있었다. 누구라고 밝히지 않으면 길거리에서도 그냥 지나칠 거무튀튀한 얼굴의 중년 아저씨와 아줌마가 모임 장소에서 기다리고 있었다. "누구야 반갑다!" "난 누구다!"라고 하며 미소를 짓는 얼굴에는 굵은 주름이 보였고, 흰 머리카락을 날리는 친구들도 있었다.

몇몇 친구들과만 소식을 주고받으며 지내왔으니, 20년, 30년, 어쩌면 졸업 후 처음 만나는 친구가 대부분이었다. 어떤 친구는 6년간 함께 학교에 다녔는지도 기억나지 않았다. 학교를 가운데 두고 양쪽으로 족히 30리 이상 떨어진 마을에서 살아 등하교 때의 추억도 없었다.

더구나 '남녀칠세부동석' 시절이라 여자애들하고는 이야기 한번 제대로 못 해보고 졸업한 것 같다. 코를 누렇게 흘렸던 아이, 툭하면 울었던 울보, 키 작은 아이, 1년 내내 세수를 안 해 온몸에 때가 찌듯 묻어있었던 아이들이 모두 변해 있었다. 이미 손녀를 보아 할머니가 되었다는 여자 동창도 있었다.

서먹한 분위기는 잠시일 뿐, 우리는 어제 헤어졌던 사람들처럼 허물없는 분위기 속으로 빠져들었다. 앞에 앉아있는 늙은 아줌마(?)의 이름도 부르고, 옛이야기도 하며 웃고 떠들었다. 노래도 부르고 춤도 췄다. 춤추는 상대 여자아이가 엄마와 같이 편안하게 느껴졌다. 이렇게 연합체육대회 전야제로 우리 동기끼리 밤을 보냈다.

이튿날 연합체육대회 개최지인 영랑초등학교에는 학교별로 1970년도 졸업 동기들이 줄줄이 들어서고 있었다. 정문에서부터 반갑게 인사하는 모습이 열정적이었다. 어떤 친구는 반가움에 소리를 지르고, 어떤 이는 서로 껴안기도 하였다. 모두가 다양한 방식으로 상봉하고 있었다.

당시는 가난에 찌든 시절이어서 중학교 진학조차 어려운 일이었다. 우리 동기들 대부분은 최종학력이 초등학교 졸업이다. 80여 명의 동기생 중에서 15명 정도만 중학교에 진학한 것으로 기억한다. 당시 속초는 조그마한 도시라 중학교와 고등학교가 각각 두어 곳밖에 없었다. 그래서 초등학교 동기가 중학교 동기가 되고, 또 고등학교 동기가 되는 셈이었다. 중고등학교를 나오지 않았더라도 친구의 친구 관계로, 직장 동료로 거미줄과 같이 엮여 참석자 대부분은 안면이 있는 사이다.

중학교 졸업식도 참석하지 못하고 부랴부랴 속초를 떠나 오늘날까지 객지 생활을 한 나로서는, 더구나 고향 집도 모두 처분하여 그곳에 자주 갈 기회조차 없었던 나로서는 초·중학교 동창들에 대한 기억이 더욱 아스라하다. 다행히 속초에서 중고등학교를 나온 녀석이 그의 친구이자 나의 옛 친구들을 소개해 주어 간간이 기억을 되살렸다. 30여 년 전 중학교에서 같이 공부하였던 친구들이다.

그 옛날 검게 물들인 광목천으로 만든 허름한 교복을 입고, 담요 기지로 만든 교모를 썼던 친구들의 모습이 생각나기 시작하였다. 모자를 삐뚤어지게 쓰고 다녔던 녀석, 얌전한 녀석, 찢어지게 가난했던 녀석, 깨끗한 교복을 입어서 선망의 대상이 되었던 녀석들이 모두 아랫배가 조금 나온 중년으로 변해 있었다. 왜 난 지금까지 중년이라고 생각해 본 적이 없을까, 이런 생각을 하며 피식 웃었다.

한 친구가 나를 정말 보고 싶었다며 반갑게 말을 건넸다. 멀리서 나를 알아보고 이름을 부르며 다가와 손을 내미는 친구도 있었다. 어떤 친구는 중학교 때 우리 동네까지 놀러 왔다고 하고, 또 다른 녀석은 당시 나와 가장 친한 사이였다고 하였지만, 기억은 가물가물했다.

난 우두커니 서서 상대를 바라보며 웃고 있었지만, 속으로는 지나간 필름을 되돌려 보려 애쓰고 있었다. 몇 장면은 기억 속에서만 아른거렸고, 어떤 사건은 영원히 사라졌다. 고맙고 미안한 마음뿐이었다. 앞만 보고 달려온 나에게 옆과 뒤에 이런 친구들이 있었다는 사실을 몰랐다. 사실 모른 게 아니라 잊고 살아왔던 거다.

드디어 학교별로 입장식이 거행되었다. 어떤 학교는 교가를 부르면서 입장하기도 하고, 어떤 이는 가슴에 코 손수건을 달고 춤을 추거나 익살스러운 가면을 쓰고 입장하였다. 옛날의 조회

때처럼 학생 대표의 구령에 따라 인사하고, 단상에 앉은 정치하시는 분(?)들의 축사도 있었다.

이렇게 체육대회가 시작되었다. 축구, 배구, 족구, 여자 줄넘기, 고무줄 타기, 훌라후프, 공기주머니 던지기 등 다양한 놀이가 온종일 계속되었다. 두 학교가 연합해서 한 팀이 되고, 경기종목마다 팀이 바뀌게 되어 있었다. 이겨도 상품은 없었지만, 참가자들의 익살과 친구들의 응원과 농담으로 열광의 분위기였다.

상대 팀 선수도, 이를 응원하는 사람도 모두 친구라서 때로는 경기규칙을 위반해도 웃고 넘어갔다. 아줌마들의 응원전도 볼만했다. 특히 여자들의 고무줄 타기와 줄넘기는 세월을 넘어 그 능숙함이 그대로 살아있었다. 모두가 흥겹고 진지하게 어울렸다.

운동장 옆 관중석에는 ㄷ자로 텐트가 쳐져 있었고, 학교별로 가져온 음식이 가득했다. 음식점을 운영하는 친구들이 많아 그들이 후원한 것 같다. 초등학교별로 구획을 정해 자리에 앉았지만, 이리 섞이고 저리 섞여서 음식을 나누어 먹고 술을 주고받았다. 보통 불판에 돼지고기를 굽는 것이 일반적이지만, 속초는 바닷가여서 양미리, 도루묵, 새치(임연수어), 고등어를 구워 먹었다. 신선한 생선구이 맛이 일품이었고, 물고기 바비큐 자체가 인상적이었다.

초등학교 시절, 무슨 일로 동네 친구와 돈 대신 생선 내기를 한 적이 생각났다. 동무가 엄마 몰래 집에서 꽁치를 가져와 등굣길에서 함께 불에 구워 먹었다. 참으로 옛적 이야기이고, 그만큼 먹을 것이 귀하던 시절이었다. 그런 시절을 지나온 중년들이 지금 군데

군데 놓인 생선 바비큐 불판을 둘러싸고 그런저런 이야기들을 나누고 있었다.

천막촌 중앙에는 노래방 기계와 마이크가 준비되어 있었다. 사회자도 없고, 시키는 사람도 없는데 끊임없이 노래를 부르고 덩실덩실 춤을 추는 이들도 있었다. 여장으로 익살을 부리는 친구, 떡하니 춤을 추는 아줌마들로 즐거움이 가득했다.

이렇게 중년의 체육대회는 가을의 따가운 햇볕이 서산에 걸려있을 때까지 계속되었다. 그 햇볕은 영랑호 앞바다를 달려가 눈부시게 빛을 반사하고 있었다. 동심의 추억을 달래는 한마당이자 열린 마음, 열린 공동체의 현장이었다. 그동안 너무나 여유 없이 살아왔지 않나, 하는 반성도 해본다. 설악산의 단풍이 절정을 이루고 있는 만추, 닭띠 꼬꼬들의 축제는 이렇게 그리움을 즐거움으로 바꿔 막을 내렸다.

고교 졸업 기념문집 <젊음>

　며칠 전 고등학교 동창 녀석이 낡고 누런 용지에 쓴, 〈젊음〉
이라는 표제의 글 모음집을 내밀었다. 고교 졸업 전에 만든 64쪽 분
량의 작은 글 묶음이었다. '가리방'이라고 불렀던 등사 기구로 만든
것이다. 등사 원지에 철필로 긁어서 글을 쓰고, 삽화를 그린 후 잉
크를 묻혀 밀어 인쇄했다. 문집은 수필, 시, 독후감, 영화 감상, 여행
기, 동아리 활동 등 다양하게 구성되어 있었다. 문집을 만들었다는
막연한 기억만 갖고 있을 뿐 모두가 잊고 살아왔는데, 숨겨둔 보물
을 찾은 것 같아 마음이 설렜다.

　우리는 고등학교 2학년 때 '청보이'라는 모임(동아리)을 만
들었다. 당시는 학생들이 모임을 만드는 것 자체가 교칙 위반이었
고, 잘못하면 불량학생으로 취급받았다. 학생주임 선생님에게 지하
실습장으로 끌려가 호되게 얻어맞았다. 왜 맞는지 이유도 모르면
서….

우리 모임은 참으로 순수했다. 실업계 학생이어서 남는 시간이 많았고, 또 그만큼 각자 진로에 대한 고민도 많았다. 우리는 혈맹의 동지인 양 어울려 다녔다. 고궁이나 주변 산성도 놀러 다녔고, 막 개설한 남부순환도로의 가로수를 보호하기 위한 표지판 달기 봉사도 하였다.

1975년은 고3인 나에게 정신적으로 혼란한 해였다. 친구들 대부분이 졸업을 앞두고 산업체로 실습을 나가거나 취업하였다. 나는 기술자가 되리라는 꿈을 잃고, 서울로 유학 온 것에 대한 후회와 불확실한 미래에 방황하고 있었다.

친구들은 마지막 학창 시절이라고 아쉬워하며 졸업 전에 우리의 모임을 글로 써서 남기자고 제안했다. 그래서 각자 쓴 글을 모아 지인의 인쇄소에서 인쇄하였다.

다시 읽어보니 사춘기의 덜 익은 속마음을 보이는 것 같아 창피하기도 했다. 그러나 그 부끄러움과 순수함이 44년 된 타임머신 속에 고이 간직되어 있었으니 뿌듯했다. 우리 문집의 원고 요청에 응했던 두 여학생은 지금 어디서 무엇을 하고 있을까, 궁금했다.

모임의 회장이었던 D는 졸업 후 바로 소식이 끊겼다. K는 미국 이민을 떠났다. 또 다른 K는 진작에 세상을 떠났다. 각자 살아온 방향과 삶의 궤적이 다르지만, 남은 6명은 오늘날까지 줄곧 2개월마다 만나고 있다. 나에겐 홍사단같이 질기고 질긴 인연이다.

옛날 편지

문서 더미에서 우연히 발견한 옛날 편지
26년이 지난 세월만큼이나
변해버린 색깔과 종이 냄새

아직도 머물러 있는
봉투 안의 연민
당신을 향한 그리움과 미안함

순수함과 이기심에 꿈틀거리는 혼란
가슴에 붙어버린 질긴 연緣

1976년, 힘들게 대학에 들어온 나는 모든 환경이 낯설고 신
기했다. 분명 대학이란 새로운 세상이었고, 나는 다양하고 자유로운

그 분위기를 만끽했다. '지성의 전당'이라는 곳의 주인공이 된 기분이었고, 당시 유행했던 장발에 청바지로 캠퍼스를 돌아다녔다. 아는 사람 한 명 없는 대학이었지만, 나에게는 신나고 흥미로운 곳임이 틀림없었다.

초봄의 햇살이 캠퍼스를 따스하게 비추던 날에 나는 흥사단 아카데미(도산연구회)라는 동아리에 발을 들여놓았다. 거기는 정의와 자유, 지성에 대해 진지하게 고민하는 젊은이들로 가득 차 있다고 느꼈다. 동아리 활동을 하며 선배, 동기들과 가까워졌고, 그들과 선열들의 애국정신, 민족과 역사, 그리고 민주 정치에 관해 이야기했다. 곧 국가와 민족을 새롭게 인식하게 되어 모두 조금씩 깨치고 있었다.

2학년이 되었다. 이번에는 동아리에 1학년 후배들이 들어왔다. 지금 생각하면 우습지만, 그들이 매우 어리며 풋풋하게 보였다. 동기들은 엄청난 선배인 것처럼 도산 안창호의 사상을 비롯하여 민족과 자유, 정의에 관해 설명하고 관련 도서를 소개했다. 정기적으로 자취방에 모여 주제를 정해 공부하고 토론했다.

내가 자취하는 동네에 새로 들어온 1학년 여학생이 있었다. 그녀는 말수가 적고 수줍어하는 편이었지만, 미소를 자주 짓곤 했다. 동아리 활동에서도 자기주장을 내세우기보다 묵묵히 들을 때가 많았다. 또, 여름 봉사활동이나 1박 2일 수련회를 갈 때도 조용히 뒷정리를 하거나 청소, 설거지에 전념하는 모습이었다.

그녀는 내 자취 집 골목길 건너에 살았다. 동아리 모임이 끝나면 가로등 없는 논둑 옆 마을 길을 지나 동네로 함께 걸어오기도 했고, 등하굣길, 때로는 동네 가게에서 우연히 만나기도 했다. 같은 동네에서 자취를 하니, 동아리 친구들이 들이닥치면 라면을 함께 끓여 먹기도 했다. 주말에는 동네에서 탁구를 치기도 했다.

그녀는 국어교육과 학생답게 글을 잘 썼다. 방학 때 서로 편지를 주고받았는데, 내용이 훈훈하고 낭만적이고 문학적이었다. 그녀는 매년 열리는 우리 학과 축제에 축시를 써준 적도 있었다. 함께 낭독하자는 나의 제의를 거절하였지만, 나는 그 시를 축제 개회식 날 학우들 앞에서 낭독하여 인기를 끌었다. 친구들은 시의 작자를 나의 짝꿍이라고 놀리기도 하였다. 문학을 사랑한 그녀는 가슴속 마음을 전하거나 실행하는 데는 적극적이지 못했던 것 같다.

그녀는 졸업 후 의무적으로 일정 기간 학교 선생님으로 근무해야 하는, 그래서 취업 걱정을 안 해도 되는 사범대학생이었다. 나는 고학년으로 올라갈수록 앞날의 진로에 대한 고민이 많아지기 시작했다. 일단 학과 공부를 열심히 해야 하기에 전공에도 신경을 쓰지 않을 수 없었다.

4학년 때의 일이었다. 그녀가 내 자취방에 찾아와 쑥스럽게 영화 티켓 2장을 건네주고는 황급히 달아났다. 멍청하게도 당시 나는 티켓 2장을 건네준 그녀의 마음을 몰랐다. 나는 그 정도로 이성의 사랑에 대해 둔감하였고, 그냥 졸업 후 진로 문제에만 천착했던 것 같다.

우리는 그냥 자연스럽게 만나는 선후배 사이었다. 이성의 감정이 없을 순 없겠지만, 당시로는 그 이상을 생각하지 않았던 것 같다. 내가 감성이 무디었는지, 아니면 이성으로 다가가기에는 보이지 않는 거리가 있다고 생각했는지 모른다. 나의 70년대는 여자와 손만 잡아도 결혼해야 한다고 생각했던 시절이었다.

이렇게 그녀와 3년을 같은 동네에서 보냈다. 지금 생각해 보아도 짝사랑도 아니고, 플라토닉한 사랑도 아니었다. 내재한 감성을 어떻게 표현하고 행동해야 하는지조차 몰랐던 풋풋한 쑥맥의 시절이었다.

마음 한구석에서는 그녀와 함께하는 미래에 대해 생각을 안 한 것은 아닌 것 같다. 그녀와 함께 찍은 사진을 어머니에게 보여드리며 슬쩍 며느릿감으로 어떠냐고 여쭤본 적이 있었기 때문이다. 어머니에게까지 보여준 그녀의 사진은 희미한 옛 추억으로 남아있다.

대학 4학년을 마치고 나는 서울대 대학원에 합격하여 춘천을 떠났다. 이때부터 시작된 나의 실험실 생활은 학부의 낭만적인 일상과는 확연히 달랐다. 아버님이 돌아가시고 어머니 혼자 농사를 짓고 있는 현실을 애써 외면하면서 석사과정에 매달려야만 했다.

그러던 어느 날, 그녀로부터 연락이 왔다. 대학을 졸업하고 중학교 교사로 발령받았다며 한번 놀러 오라는 것이다. 그곳은 시내에서 멀리 떨어진 시골이었다. 나는 그녀를 보고 싶은 마음에서 학교로 찾아갔다. 오지 마을 선생님에게 애인이 왔다며 하숙집 주인아줌마가 야단법석이었다. 보고 싶었고 좋아했던 후배였지만,

그 이상 선을 넘지는 않았다. 그녀에게 다가가고 싶었지만, 다가갈 수록 멈칫거리는 그 무엇이 있었는지 모른다.

　　세월이 흘러 나는 지금의 아내와 결혼을 했다. 신혼 때 퇴근을 하니, 아내가 나에게 "G라는 여자를 아느냐? 그녀에게서 전화가 왔는데 결혼을 축하한다고 하더라"고 말했다. 그리고 축하에 이어 한마디를 아내에게 덧붙였단다. "성기 씨에게는 결혼한 후에도 늦게나마 전화를 걸어 축하한다고 말하는 후배가 있다."

　　이후로도 우리는 각자 갈 길을 가며 바쁜 나날로 보냈고, 그렇게 세월이 흘렀다. 그렇지만 예전처럼 1년에 한두 번은 안부 전화를 주고받았다. 모교에 업무상 그녀가 올 때가 있으면 함께 점심 식사도 했다. 한동안 뜸하다가 우연히 전화로 연락이 되면 안부를 묻곤 하였다.

　　그녀는 평생 미혼으로 교사 생활을 했다. 혼자 살아도 건강을 위해 잘 챙겨 먹으라고 격려하는 전화도 했다. 중견 교사일 때는 교감 승진이 어려울 것 같다며 내게 하소연한 적도 있었다. 정년을 앞두고 명예퇴직을 한 그녀는 가톨릭에 심취하면서 그림을 그리기 시작하였다.

　　어느 날 원주에서 그림 전시회를 연다며 꼭 와서 축하해 달라는 연락이 왔다. 나는 학교 업무가 바쁘기도 했지만, 한편으로는 내가 그녀에 대한 옛 시절의 희미한 그림자가 절제되지 못한 선명한 감정으로 변질될까봐 망설였다. 결국, 전시회에는 가지 않았고,

그녀는 자기 그림으로 제작한 탁상용 달력을 나에게 보내왔다.

또 시간이 흘렀다. 그녀와 통화를 시도했지만, 받지 않았다. 궁금증이 더했으나 이유를 알지 못했다. 나중에 수소문해보니 그녀는 급성 암으로 몇 달 전에 세상을 떠났다는 것이었다. 내 정년퇴임을 1~2년 남겨둔 시기였다. 그녀의 죽음을 알지 못해 장례식에도 참석하지 못했다. 안타까운 마음으로 명복을 빌 뿐이었다.

퇴임에 대비하여 연구실의 각종 서류를 정리하다가 우연히 편지 한 통을 발견했다. 그녀가 쓴 편지였다. 그동안 그 편지가 있다는 사실조차 몰랐고, 그러니 그 내용도 전혀 기억나지 않았다. 다시 읽어보니 졸업 후 학교 선생님으로 발령받아 다니고 있다며, 시내 아파트에서 살고 있으니 주말에 언제든지 내려와 놀다 가라고 하였다. 전과는 다르게 그녀의 속마음이 편지 곳곳에 묻혀있었다.

캠퍼스 시절의 지나간 추억 정도로 생각했는데, 지금 다시 편지를 읽어보니 형언할 수 없는 미안함이라 할까, 죄의식 같은 감정이 떠올랐다. 연인과 친구 사이, 사랑과 이별 사이에 어물쩍하게 서 있었던 나 자신이 민망스러웠다. 확실한 내 마음을 답하지 못한 게 내내 후회스럽고 미안했다.

대학생 야학 선생님

1976년, 대학에 입학하여 고향 선배의 권유로 '도산연구회'라는 동아리를 찾아가게 되었고, 이후 지금까지 흥사단에 몸을 담고 있다. 당시 강원대 도산연구회(흥사단 아카데미)는 동아리의 기본 활동 외에 가정형편이 어려운 청소년을 대상으로 야간 중학교를 운영하였다.

어느 조그만 교회(에덴교회)가 무료로 제공하는 공간을 교실로 사용하였다. 교과목과 수업 운영안이 제법 체계적이었고, 교사선발도 신중했던 것으로 기억한다. 아카데미 신입생 동기들이 선생님으로 교단에 섰지만, 학생들 앞에서 수줍고 어색하기만 했다. 학생들의 직업과 나이는 천차만별이었다. 춘천 후평공단에서 일하는 노동자, 상점 점원, 식모살이하는 여자아이 등이었다.

학생들에겐 수업보다 주간의 고된 노동으로 인한 피로와 싸우는 것을 더 힘들어했다. 결석한 학생이 있으면 전화를 걸어 다음에는 꼭 나오도록 독려하였고, 이들을 위해 보충학습을 했다. 어렵게 2년의 교육과정을 마치고 첫 졸업생을 배출하게 되었다. 말이 졸업식이지, 손수 만든 졸업장을 수여하고 격려하는 것이 고작이었다.

추운 날씨에 붉은 백열등이 하나 켜진 어두컴컴한 교실에 십여 명의 졸업생들이 참석하였다. 물론 축하하러 온 학부모나 가족은 없었다. 재학생이 이십여 명 되었으나, 졸업식마저 결석한 학생이 많았다. 이미 숙녀티를 내던 반장 여학생의 눈이 충혈되어 있었다. 나보다 한 살 아래였으니 지금 우리처럼 늙어가고 있으리라.

가라앉은 분위기의 졸업식이 끝나자 반장이 불쑥 말을 꺼냈다. "선생님, 이대로 헤어지기가 너무 아쉽고 섭섭해요. 우리도 중학교를 졸업하였다는 기념사진을 갖고 싶어요. 함께 사진 찍어요." 이렇게 하여 '제1회 동광중학교 졸업식(1976.12.10)'이라고 적힌 흑백사진 한 장이 지금도 남아있다.

그 후 이 야간학교는 문을 닫게 되었고, 관련 기록들도 모두

사라졌다. 학생들의 이름이 누구인지, 지금 어디에 살면서 무엇을 하고 있는지 아무도 모른다. 다만 수업시간에 졸린 눈을 비벼가면서 공부했던 소녀 소년들의 모습만 흐릿하게 기억에 남아있다. 당시 야학의 책임자였던 H 선배와 C, L 등은 지금은 홍사단 단우로 활동하고 있지 않다. 교사였던 동기들도 대부분 졸업 후 소식이 없거나 뜸하다.

50년이 흘렀어도 변함없이 지내는 친구가 S다. 우리는 야학을 그만두고도 꾸준히 홍사단 아카데미 활동을 계속했다. 대학 졸업 후 10여 년 떨어져 지내다가 우연히 비슷한 시기(1990년 8월과 91년 3월)에 모교의 교수가 되었고, 지금까지 강원홍사단 동지로 함께 활동하고 있다. 행복하고 감사한 인연이다.

초등학교 여동창과의 만남

초등학교 여자 동창의 집을 아내와 함께 우연히 방문하였다. 그녀는 조그맣고 예쁘장하며, 명랑한 아이였던 것으로 기억한다. 초등학교 졸업 후 그동안 동창회에서 몇 번 만난 적이 있었지만, 그녀를 대하는 나의 서먹한 마음은 세월을 이기지 못했다. 그녀는 더 이상의 꿈 많은 소녀가 아니다. 햇볕에 그을린 눈가에 주름이 잡히기 시작한 중년 여성이 되었다. 그녀는 22살에 결혼하여 아들 3명을 낳았고, 이제 이들이 모두 결혼할 나이가 되었단다.

양양군 설악산 줄기 아래 양지바른, 평화롭고 고즈넉한 곳에 집이 있었다. 평생 시부모님과 이웃하여 농사를 지으며 살고 있다고 한다. 집 뒤편 낮은 언덕은 배나무와 복숭아나무 과수원이다. 그녀는 우리 부부에게 소쿠리 하나를 건네주며 과수원에 올라가 딸 수 있는 만큼 과일을 따라고 했다. 감, 자두, 밤, 호두, 버찌 등 각종 과수가 무성하게 자라 있었다. 집에서 먹기 위해 가꾼 과수들이란다.

우리 부부가 온다는 소식을 듣고, 인근 마을에 시집와 평생 함께 지내는 또 다른 여자 동창이 자전거를 타고 왔다. 남편이 막 잡았다는 귀한 은어를 가지고 달려온 것이다. 그녀는 은어를 알루미늄 포일에 싸서 굽기도 하고, 또 밀가루 반죽에 묻혀 튀겨 주기도 하였다. 싱싱한 은어 맛도 일품이었지만, 옛 친구를 위한 지극정성이 감동이었다.

그녀의 집은 넓은 마당이 온통 화분으로 꽉 차 있었다. 꽃을 정성껏 가꾸는 친구의 아름다운 마음이 함께하는 현장이었다. 겨울에는 어떻게 관리하느냐고 물으니, 실내에 들어올 것만 챙긴다며 씩 웃는다. 아내가 화초에 관심을 보이니, 어린 모종 몇 개를 주었다.

집으로 돌아갈 채비를 하자 우리 부부에게 직접 담근 배 병조림과 화초 몇 그루를 더 주었다. 따뜻한 환대에 선물까지 듬뿍 받았다. 옛 동무들과의 우정을 유지하고 있다는 자체가 즐겁게 감사하며, 이런 게 중년에 느끼는 행복이라는 생각이 들었다.

지금도 과일나무와 화초로 만발한 그녀의 집과 따뜻하고 친절한 모습이 가슴 깊이 여운으로 남아 있다. 아쉬웠던 것은, 전년도에 있었던 남편의 흉사에 대해 그녀에게 한마디 위로의 말조차 전하지 못한 일이다. 정신없이 살아온 세월 때문인지 매사에 조심성이 많아졌나 보다. 친구를 향한 나의 진정성만 전하고 발길을 옮겼다.

깜박 잊은 친구 아들 결혼식

토요일 아침이다. 내일도 쉴 수 있어 마음이 편하고 여유가 있다. 아침부터 함박눈이 펑펑 내린다. 아침을 먹은 후 커피 한 잔을 들고 하얀 이불처럼 눈이 쌓인 창밖을 바라본다. 아내의 눈치가 훤하다.

"여보, 지금 등산 가려고 고민하고 있지요?"

아내는 남편의 못 말리는 역마살 기질을 잘 알고 있고, 남편의 그런 모습에 익숙해진 지 오래되었다. 눈 오는 날이면 산을 오르고 싶은 충동이 나도 모르게 일어난다. 전에 어머니도 "너는 산신령에게 홀렸나 보다"라고 말씀하셨다. 혼자 산으로 간 적이 많았다. 눈 오는 날 산을 향해 차를 몰다가 미끄러져 시내버스 꽁지에 받쳐 몇 바퀴 빙빙 도는 사고도 경험한 적이 있다. 이제 안전, 그리고 건강과 체력을 생각할 나이가 되었다. 마음속으로 갈등하며 내리는 눈을 바라보고 있는데, 전화 벨 소리가 울렸다.

"야, 오늘 저녁 우리 식사하기로 했잖아?"

친구 D다. 저녁에 춘천 3명, 청평에서 1명이 모여 식사를 하기로 지난주에 약속했다. 대학 친구들이다. 졸업한 지 40년이 지났어도 계속 만나는 사이다. 우리는 대화하면서 '설악산 높이가 1,700m야', '아니야 1,708m야'라고 따지질 않는다. 그냥 아무 이야기나 들어주는 불알친구 같은 사이다.

코로나로 집 안에서 지루하게 보내는 요즘인데, 저녁 모임을 생각하니 갑자기 엔도르핀이 솟아나는 것 같다. 아내가 전화기를 들고 누군가와 통화하고 있다.

"얘, 지금 전셋집 계약하러 가고 있니?"

서울 사는 딸이 전셋집을 옮기기 위해 계약하는 날이다. 워낙 전세 보증금이 치솟은 상태라 소형 아파트나 연립주택도 아닌, 오피스텔 비슷한 다가구 주택을 계약하는데 춘천의 우리 집 시세만큼의 액수를 요구한단다. 딸아이는 회사가 주는 장기 저리 대부금을 합쳐 전셋집을 계약하려고 한다.

워낙 험한 세상인지라 돈을 주고받는데도 걱정이 많다. 신축건물인데, 현재 법적 명의는 건설업자란다. 전세 보증금을 다 받은 다음 명의를 변경한다는 것이다. 세입자로서는 불안하다. 며칠 전부터 단단히 일렀다.

"조심해라. 법적 관계를 잘 알아보고 전문가에게 물어본 후에 계약서를 작성해라. 아빠가 계약하는 날 가볼까?"

별생각 없이 나온 말이었지만, 설령 내가 가더라도 딸아이

보다 나을 것은 없을 것 같았다. 사실 서울에 선뜻 가기 주저한 이유는 오늘 P의 장남 결혼식과 저녁에 친구들과의 모임이 있기 때문이다. 며칠 전부터 아내한테 친구 아들 결혼식에는 꼭 가봐야 한다고 했다. 그가 고향 사람이고 중학교 선배임을 아내도 잘 알고 있다. 우리 큰아이 결혼식 때 서울까지 올라온 고마운 친구이기도 하다.

등산을 포기하고 거실로 들어오니 아내는 소파에 앉아 텔레비전으로 시간을 죽이고 있었다. 나는 지긋지긋하지만, 아내는 밤낮없이 즐기는 전통가요 관련 프로이다. TV 채널 선택권을 아내에게 빼앗긴 지 벌써 오래되었다. 나도 하고 싶은 것을 찾아야 한다는 생각에 나의 일, 내가 하고 싶은 세계를 만나러 나왔다. 서재에 들어가 컴퓨터를 켰다.

로마의 5현제 중 한 사람인 하드리아누스 황제에 관해 뒤지기 시작했다. 지금까지 논문발표를 위해 유럽을 두루 다니면서 한 곁눈질 관광을 구체적으로 확인하고 싶었다. 로마는 물론이고, 튀르키예의 안탈리아, 요르단의 제라시, 대영박물관 등 기타 유명 박물관에서 주마간산으로 보았던 하드리아누스의 건축물을 다시 확인하고 싶었다.

보통 자유여행이 아니라면 대부분 여행사에서 안내하는 주요 명소만 관광하게 된다. 인터넷은 이런 사람을 위해 사진과 함께 그 내용을 자세히 설명하고 있다. 혹자는 내게 물을 것이다. 왜, 하드리아누스 황제인가?

미소년을 사랑했던 이 황제는 나의 전공인 '고기meat'와

밀접한 관계가 있기 때문이다. 두세 시간의 인터넷 여행이 눈 깜짝할 사이에 지나갔다. 허리도 아프고 출출해서 거실로 나와 핸드폰을 열어보니, 강원홍사단 카톡에는 P의 아들 결혼식에 참석한 후 소감을 올린 글이 있지 않은가.

아이고! 깜박했구나! 아내도 어이없다는 듯 큰 소리로 웃었다. 며칠 전부터 P의 아들 결혼식 이야기를 줄곧 하더니, 이렇게 되었네…. 시간은 1시 10분, 지금 출발하면 20~30분 정도 걸린다. 결혼식은 이미 12시에 올렸으니 혼주를 만나는 것조차 현실적으로 불가능하다. 이마저 잊어버리지 않기 위해 즉시 부조금을 보냈다.

친구의 결혼 25주년

잊을만하면 윽박지르듯 소리치며 전화질을 하는 친구가 있다. 핸드폰을 받으니 또 큰 소리가 들려왔다.

"야 이번 주말에 시간 비워 둬. 우리 결혼 25주년 기념이야. 우리 부부 춘천으로 내려갈 테니 저녁 한번 사라."

언제나 그렇듯이 내 계획이나 사정은 아랑곳없다.

"야, 네가 결혼 25주년이든, 30주년이든 나하고 무슨 상관이 있냐?"

단호하게 대꾸는 했지만, 그놈이 총질하는 버릇은 어제오늘이 아니기에 그냥 익숙해 있었다. 30년 전 대학 시절 이후, 그는 언제나 이런 식이었다.

그동안 이 친구는 다른 동기들보다 자주 만나지 못했다. 졸업 후 10여 년 소식이 끊어지기도 했다. 바쁜 나이에 무슨 모임이나 누구 애경사라도 있어야 얼굴을 보지, 그냥 만나 식사하고 술 한 잔

기울이기가 어디 쉬운가?

　　결혼 25주년을 축하해 달라는 일방적 전화에 어안이 벙벙하기도 했지만, 그 녀석 성격을 너무나 잘 아는 처지이고, 결혼식 때 내가 사회를 보았기 때문에 딱 모른 체하기도 그렇다. 미인으로 기억되는 그날의 신부도 그동안 어떻게 변했는지 궁금하기도 했다.

　　"그래, 제수씨 모시고 내려와. 너 지금까지 마누라한테 쫓겨나지 않고 잘 견뎠다."

　　"내가 누구냐. K 아니냐? ㅋㅋ!"

　　이 친구는 적당한 키와 체격에 눈코도 반듯한 미남형이다. 아마 총각 때 여자들에게 인기가 많았을 것이다. 이 친구는 보통 사람들이 어색해하는 분위기를 아무렇지 않은 듯이 자연스럽게 잘 견딘다. 말하자면 낯짝이 두꺼운 놈이다.

　　대학 시절, 그는 경제적으로 조금 나은 편이라 줄곧 하숙 생활을 했는데, 시간이 날 때마다 가난한 내 자취방에 눌러 붙어 식량을 축내기가 다반사였다. 방학이 되면 여러 친구의 고향 집을 방문하여 며칠씩 신세를 지는 것도 흔한 일이었다. 심지어 친구의 애인 집에 가서 하룻밤 자기도 하고, 졸업 후 신혼 친구 집에서도 묵었다.

　　그는 넉살이 좋으면서도 말과 행동이 일치하고 마음이 맑았다. 언제나 솔직했고, 순박하다 못해 때로는 어린애 같기도 했다. 늘 웃는 편이라 화가 난 그의 얼굴을 본 기억이 없다. 웃을 때 드러내는 하얀 이빨이 오랫동안 기억된다. 친구가 어려움을 당할 때는 언제나 그 자리에 있어 주는 의리가 있다.

전화를 끊고 나서 아내한테 사연을 이야기하고는 축하해 주자고 제안하니 예상대로 냉담한 반응이었다. 상식적으로 생각해도 우스운 제안이었지만, 나는 친구로서 그놈을 충분히 이해할 수 있었다. 나에게 단도직입적으로 그렇게 이야기하는 친구가 있다는 것도 행복하지 않은가?

보통은 대개 이런 식으로 전화를 걸지 않았을까? "야, 이번 주 토요일에 시간 있니? 있으면 진짜 오래간만인데 부부끼리 식사나 함께하자." 그리고 만나서 분위기가 무르익으면 "사실 오늘 우리 결혼 25주년 기념이라서 춘천에 내려가…"라고 하면 그만일 것이다. 이러나저러나 마찬가지지만, 말에 따라 상대의 기분이 달라진다. 이 친구는 그냥 쭉 나가는 화법을 택한 것이다. 평상시 나에게 대하는 방식대로 말이다.

대학 시절에 자주 어울렸던 다른 친구에게 전화를 걸었다. "야, K가 춘천에 온단다. 그것도 자기들 결혼 25주년 기념 축하받으려고…. 너도 내려와 함께하자." 이렇게 하여 지난 토요일 저녁에 세 부부가 모이게 되었다.

K는 졸업 후 중소기업에서 일했다. 어려웠지만 낙천적인 성격이라 잘 견뎠다. 그러다가 회사 동료의 빚보증을 잘못 서 주어서 아파트 한 채가 모두인 전 재산을 날렸다. 그 충격으로 잠시 가출을 해 그의 아내가 나에게 남편의 행방을 물어보는 전화를 했었다.

그 후 그는 다시 사글세로 신혼살림을 시작했다. 집사람도 돈을 벌기 위해 나섰다. 이 친구는 공사판 '노가다' 일도 했다. 동기 모임에 나와 술을 마시고는 눈물방울을 떨어뜨리고는 비틀거리며 사라지곤 했다. 모두 안타까운 마음으로 그의 뒷모습을 바라보고만 있었다.

　　이후로 이 친구는 10년 이상 동기들과의 인연을 끊고 살았다. 그때 조금이라도 도와주고 위로해 주지 못한 미안한 마음도 세월 속에 묻어 잊혀 갔다. 최근 5~6년 전부터 동기 모임에 다시 얼굴을 내밀기 시작하였다.

　　우리 세 부부는 술을 주고받으며 옛날이야기로 즐겁게 보냈다. 대학 시절 축제 파트너를 구하기 위해 헌팅을 시도했던 일, 친구의 애인 집에서 하룻밤을 보냈던 일, 속초 고향 집에 와서 결혼 3년 차였던 나의 매형을 신혼이라고 우기면서 다리를 걸어 매달았던 일 등을 얘기하면서 시간 가는 줄 몰랐다.

　　우리 두 커플은 K 부부에게 그동안 어떻게 살아왔고, 지금은 어떻게 지내고 있는지 묻지 않았다. 자연스럽게 친구 아내가 먼저 이야기를 꺼냈다. 보증을 잘못 서서 아파트를 날리고, 그 후 어느 정도 기반이 잡혀갈 무렵 친형의 사업에 또 보증을 섰다가 다 날렸단다. 지금은 신용불량자로 카드를 만들 수 없고, 차도 없다고 하였다. 자기도 이런 남편과 계속 살지 말지 고민한 적이 있었는데, 친정 식구들이 "마음이 순박해서 사기를 당했지, 그 외에는 다 괜찮고 착한 사람이니 참고 살아라"라고 했단다.

　　친구의 아내는 과거의 아픔을 토로하는 것이 아니라, 한 편의 영화처럼 남의 이야기를 하듯 담담하였다. 그 담담함에 우리가 오히려 안도했다. 산전수전 다 겪은 얼굴답지 않게 미소를 지었다. 어쩌면 그렇게 이야기할 수 있다는 사실이 현재 절망하지 않고 있다는 뜻이 아닌가.

위로하려고, "그래, 인생은 제로게임이야. 새옹지마 아니겠니?"라는 말이 입속을 감돌았지만 참기를 잘했다. 그는 "야, 우린 걱정 없다. 이제 아이들 다 키워놓고, 딸은 돈 잘 벌고, 아들은 군대 갔다 와서 곧 졸업할 거야. 우리 먹고살 것은 있으니 이제 괜찮은 것 아니냐?"라고 예전처럼 씩씩하게 넘겼다.

곰곰이 생각해 보니 30여 년 전 아버지가 돌아가셨을 때 가장 먼저 달려온 친구, 4년 전 어머니가 돌아가셨을 때도 불편하기 짝이 없는 장례식장에서 이틀이나 머물다 갔던 친구가 K였다. 또 몇 년 전 추석 때는 우리 집으로 불쑥 배 한 상자를 택배로 보내기도 했다.

우리는 밤늦게까지 거나하게 취해서 헤어졌다. 아내도 그들과 함께 보낸 시간이 나쁘지는 않았던 눈치다. 남편 친구들의 그런 우정이 좋았다고 생각하는 것 같았다. 이 친구도 대학 시절 흥사단 아카데미 동아리 출신이다.

이런 만남도 있었네

　보통 사람이 영화나 소설의 주인공처럼, 드라마처럼 살지는 못한다. 만약 그런 삶이 있다면 보통 사람의 삶이 아니다. 보통 사람에게는 희로애락이 깃든 삶을 무대에 올릴 만큼 깊이와 공감이 적다. 그만큼 삶이 극적이거나 낭만적이지 못하기 때문이다. 그저 먹고 살기 위해, 더 충실한 삶을 영위하기 위해 나날을 보내고 있다.

　이런 환경에도 불구하고 때로는 행복한 꿈을 꾼다. 꿈마저 없으면 삶이 얼마나 건조하겠는가! 꿈은 현실적으로 쉽게 이루어지지 않는 저 너머의 영역이고, 때로는 그리움의 대상이다. 현실 가능한 꿈도 있지만, 아예 불가능한 꿈도 있다.

　중고생 시절 버스 정류장에서 매일 만난 소녀가, 아니면 소식이 없던 첫사랑의 연인이 갑자기 찾아와 못다 한 말을 전하는 꿈, 아니면 전공 분야나 능력을 인정받아 정부의 고위직으로 발탁되는 꿈, 이것도 아니면 가까운 선조의 명의로 된 대도시 노른자 땅을 상속받는 꿈이 이루어질 수 있을까?

　　성실하게 살아온 평범한 사람에게 이같이 큰 사건은 항상
공상에 머물러 있다. 그러나 소소하지만 예상치 못한 작은 사건은
실생활에서 얼마든지 일어날 수 있고, 이에 따라 잔잔한 기쁨을 안
겨줄 수가 있다. 그것은 잊어버리고 살아왔던 본향에 대한 그리움
이며, 동시에 작은 꿈의 실현이다. 나에게도 이러한 일이 찾아왔다.

　　얼마 전, 충칭 임시정부 청사 방문과 서역 문화탐방을 위한
여행자들의 예비모임이 있었다. 대부분 잘 아는 사람이었지만, 처
음 보는 사람도 있었다. 통성명한 후 이런저런 대화를 나누다 보니
그중 한 사람이 초등학교 동문이었다. 고향에서 멀리 떨어진 이곳,
이 모임에 초등학교 동문이 있을 줄은 몰랐다. 처음에는 기억이 전
혀 나지 않았다. 반세기만의 만남이었고, 더구나 동기가 아니라 1년
후배였기 때문이다.

　　내가 졸업한 온정초등학교는 속초 시내에서도 십여 리 떨어
진 작은 학교이다. 대부분이 가난한 농촌 마을의 자녀였기에 초등
졸업 후 중학교에 진학하는 학생도 많지 않았다. 그런데 이 후배는
고등교육을 받은 교육자였다. 도 교육청 장학사를 역임하고 교장
으로 퇴직한 엘리트 후배이다. 춘천에서 50년 가까이 살면서 이렇
게 교육계에 우뚝 선 1년 후배가 있으리라고는 생각하지 못했다. 오
랫동안 춘천에서 살아왔지만, 알지도, 만나지도 못하면서 오늘까지
온 것이다.

내가 온정초등학교 16회로, 강원대 교수로 재직한 후 정년 퇴임하였다고 하니 그도 놀라워하는 눈치다. 같은 지역에서, 같은 교육계에 몸담고 있었지만, 중등학교와 대학교 간에는 직접적인 업무 연계가 없었고, 두 사람 모두 중학교를 졸업하고 타지로 떠났기 때문에 고등학교 동문이라는 연이 없었기 때문이리라.

그의 부친이 당시 교감 선생님(김학로)이었다고 밝히자 어렴풋이 기억이 나기 시작했다. 맞다. 뽀얀 살결에 깨끗한 옷을 입고 다녔던 아이였다. 교감 선생님의 아들이라 다른 학생들에 비해 관심의 대상이 되어 눈에 잘 띄었고, 김웅기라는 이름이 귀에 익숙했다. 나는 학교에서 십여 리 떨어진 산골에 살았기 때문에 수업이 끝나면 집에 가기 바빴고, 같은 동네가 아니어서 그와 함께 놀 기회는 없었다.

그는 종종 학교 건물 주위나 운동장에 모습을 드러내곤 했다. 아마도 아버지의 관사가 학교 안에 있었나 보다. 당시 가족이 있는 선생님이 부임하면 교통이 불편하여 대개 관사나 학교 부근에서 생활하는 것이 관례였다. 그는 단정하고 깨끗한 외모에 공부까지 잘하니 다른 아이들로부터 부러움을 샀다. 들판에서 뛰어놀아 새까맣게 탄 농촌의 아이들과는 확연히 달랐다.

중년이 넘어가는 나이에 초등학교 동문과 우연히 대면하니 묘한 전율이 스쳐 갔다. 믿기지 않았다. 남북 이산가족의 재회 같은 기분이라고나 할까. 복권에 당첨된 것 같은 기분도 들었다. 초등학교 동문을 이곳에서 만날 확률은 0.1%도 안 되고, 이런 부류의 모임에서 만날 확률은 거의 없다고 믿었기 때문이다.

후배에 의하면, 부친께서는 1929년생으로 생존해 계시며, 한국 나이로 96세라고 했다. 감사할 따름이다. 집에 와서 오래된 앨범을 꺼내 초등학교 6학년(1969) 때 찍은 낡은 사진을 찾았다. 단체 사진에 얼굴이 두툼한 교감 선생님이 함께 계셨다. 사진을 스캔해서 후배에게 보내니 당시 아버지가 40대 초반쯤 되셨다고 한다.

용모 단정했던 후배도 이제 정년퇴임한 지 5년이 되었단다. 열심히 살다 보니 흰머리가 날리는 나이가 되었다. 조만간 우리는 2주간의 문화답사를 함께 하는 인연으로 시간과 장소를 공유하게 된다. 이 얼마나 특별한 인연인가? 반세기가 아니라 더 오래 단절된 동무도 관심과 취미가 같으면 세월의 벽을 쉽게 무너뜨릴 수 있다. 50년 만에 그냥 맞닥뜨린 친구와는 다르다.

평범한 삶에서도 예상치 못한 즐거운 일들이 일어날 수 있다고 믿는다. 일상에서의 돌발적인 즐거움은 언제든지 있을 수 있고, 영화처럼 주인공도 될 수 있다고 믿는다. 동료 중년들이여! 우리에게 만남과 행운이 다시 찾아오지 말라는 법이 어디 있는가? 늦었다고 포기하지 말고 열린 마음으로 두 눈 크게 뜨고 기다려 보자.

3

가르치고 배우고

몽당연필

　　내 연구실 책상 위에는 항상 연필이 여러 자루 있다. 요즘에는 문서를 쉽게 작성하고 교정하는 컴퓨터 프로그램이 있어 편리하지만, 간편히 쓰고 쉽게 지울 수 있는 연필도 나름대로 아직 장점이 있다.

　　연필 대신 샤프심이라고 하는 플라스틱 통에 흑심을 넣은 필기구도 있다. 이 신식 필기구는 손으로 쥐면 촉감이 나무 연필과 다르다. 편리한 것처럼 보이지만, 실제 사용하다 보면 흑심이 쉽게 부러지고 더 빨리 닳는다. 무엇보다도 심을 바꿔 낄 때 약하고 가느다란 연필심을 보는 것이 즐겁지 않다. 알몸과 같은 연필심을 보는 것도 싫고, 교환할 때 부러지기 쉬워 조심스럽게 취급하는 것도 편치 않다.

　　연필심은 그냥 나무 내부에서 보이지 않은 상태로 있어 주고, 거기서 운명을 다했으면 한다. 아름다운 꽃을 그 상태에서만 보고 싶은 욕심이다.

오늘날에는 연필 깎는 기계가 있어 편리하지만, 칼로 깎을 때 손끝으로 느껴지는 기분이나 낭만은 없다. 흑심이 머리를 내민 나무 연필을 잡으면 망설임 없이 일을 시작하게 된다. 일하고 싶은 의욕이 생긴다는 뜻이다. 머릿속에 있는 지식이 흑심 끝을 통해 종이로 옮겨지나 보다. 무형의 사고가 유형의 실체로 옮기는 훌륭한 가교 구실을 한다.

나는 이런저런 이유로 나무 연필을 쓰고 있다. 쓰고 지우고 또 쓰고, 인내를 동반하는 작업을 통해 원고가 완성된다. 해냈다는 뿌듯한 성과 뒤에는 닳아 짧아지는 연필이 남게 된다. 몽당연필이 된 것이다. 연필 길이가 짧아지면 손에 쥐기가 불편해진다. 그래서 어느 정도 쓴 후에는 버려야 한다.

내 어릴 적 아버지께서는 몽당연필 끝에 붓두껍을 연결하여 주시곤 하였다. 당시는 흑심의 품질이 나빴는지 침을 발라 힘껏 눌러써야 글자가 누런 노트에 선명하게 나타났다. 가난했던 시절이지만, 연필의 추억 때문에 행복했다.

내 책상의 몽당연필은 한두 자루 뒹굴다가 어느새 10여 자루 넘게 모이게 되었다. 언제 버려야 하나? 이 하잘것없는 결정에도 망설임이 있으니, 나의 삶이 그리 간단치 않나 보다. 몽당연필들을 쉽게 휴지통에 던지지 못하는 것은 어릴 적 아껴 써야 한다는 몸에 익힌 습관도 있지만, 추억의 향기를 맡으며 조그만 행복을 내 책상 위에 간직하고 싶은 욕심이 더 크기 때문일 것이다.

꿈을 꿀 수 있는 용기

어김없이 졸업 시즌이 되면 그동안 정들었던 제자들이 뿔뿔이 교정을 떠난다. 졸업식에서 부모님, 친구, 선후배끼리 환한 표정으로 사진을 찍는 모습이 아름답게 보인다. 졸업식 때쯤 되면 아직 날씨는 쌀쌀하지만 머지않아 봄이 온다. 그들의 앞날에도 봄과 같이 따스함이 스며들길 기대해 본다.

졸업식에 이어 입학의 시기가 온다. 신학기 무렵이면 썰물처럼 빠져나간 자리에 신입생이 밀물처럼 새로 채워진다. 이제 대학은 졸업생에게는 모교, 신입생에게는 상아탑이다. 곧 학문과 인격을 갈고닦아야 할 장이요, 젊은이들이 꿈을 꾸고, 그 꿈을 이루도록 분투하는 곳이다. 어떻게 보면 인생 항로로 출항하기 전에 잠시 머무는 곳, 사회경제적으로 홀로서기를 위해 준비하는 곳이기도 하다.

학생들에게 지식을 전달하는 것을 넘어 다른 중요한 사명이 무엇인지 생각해 보았다. 다소 진부하지만 그들이 꿈을 가지도록,

그리고 이루어지도록 도와주는 게 내 사명이라고 말하고 싶다. 꿈은 희망의 상징이고, 탁월성excellence을 향한 열망이다. 현재가 아니라 미래다. 학생들이 가야 할 방향과 목표가 있다. 꿈은 즐겁고 행복한 앞날의 자화상을 그리는 것이다. 꿈을 좇다 보면 장애물에 가로막혀 좌절할 수도, 실망할 수도 있지만, 그것을 극복할 수 있는 의지와 열정으로 이어질 수 있다.

　　우리 대학의 교육과정에는 꿈 설계 과목이 있다. 이 과목을 운영하는데 의견이 분분하고, 어려움도 많지만, 어쨌든 학생들이 꿈을 가지도록 돕는 중요한 과목이라 생각한다. 경쟁에 시달려 지쳐있는 학생들에게 희망과 용기, 애정을 주는 과목이다. 교수와 학생 간의 수직적이고 획일적인 지식 전달이 아니라, 수평적인 대화의 장이 전개된다.

꿈 설계 수업을 진행할 때마다 학생들은 자기 의견을 내는 데 주저했다. 마음의 문이 많이 닫혀 있다는 느낌을 받곤 했지만, 수업이 진행되면 벽이 조금씩 무너지고 있어 다행이다. 꿈의 실현 가능성이 작을지라도 나는 바로 지적하지 않는다. 솔직하게 말하고 진지하게 듣는 것만으로도 절반의 성공이다. 허황한 꿈일지라도 꿈이 있는 자는 꿈이 없는 자보다 희망이 있다.

학생들과 대화해 보면 꿈이 없거나 꿈 자체가 무엇인지 모르는 학생들이 많아 놀랐다. 저학년일수록 '이 학과를 졸업하여 무엇이 되겠다'든지, 아니면 '대학 시절을 어떻게 보내겠다'는 생각이 없다. 막연히 '시간이 지나면 어떻게 될 것'으로 생각하는 학생들이 많다. 지식을 전달하는 일도 쉽지 않지만, 꿈을 가지게 도와주는 것은 더욱 만만치 않다. 말[馬]을 물가로 인도할 수는 있지만, 물을 마시느냐 마느냐는 말에게 달려있기 때문이다.

아직도 꿈이 무엇인지 모르는 학생들에게 이렇게 이야기를 건네고 싶다. 더는 미루지 말고 일단 일어나서 움직여 보라. 목표가 확실치 않아도 자기가 생각한 방향으로 떠나 보자. 시행착오가 있을 수 있지만, 그것도 소중한 경험이 되리라. 그것이 실천적 지혜를 발휘하여 탁월성을 향해 나가는 출발점이다.

무언가 시작한다는 것은, 자기 의지로 시간과 공간, 정신을 변화시키는 행위다. 현재의 자리에서 이동하면 목표가 더 잘 보일 수 있다. 먼 산을 향하는 등산객에게 물어봐라. 출발점에서는 볼 수 없었던 정상이 능선에 오르면 바로 시야에 들어온다. 선善을 위해 행동하는 용기를 가져라. 용기 있는 자만이 꿈을 꿀 수 있다. 위험도 존재하지만, 움츠리지 않는 것은 젊은이의 특권이자 자기 발전의 원동력이다.

박사과정을 끝내고

나는 20대 말, 연구소의 연구원으로 근무하면서 박사학위 논문을 마무리하였다. 입사해서 경제적으로 자립을 하게 되자 시골에 계신 어머니를 모시게 되고, 자연스럽게 결혼도 준비하게 되었다. 낙서처럼 적어놓았던 당시 노트를 뒤적여 보면 그 바쁜 업무만큼이나 마음의 본향을 갈구했던 것 같다. 노트의 글을 그대로 옮긴다.

사랑을 갈구하나 다가갈 수 없는 곳에서 냉소만 띠고 있다. 진실이 스크린에서 여운의 잔상을 남길 뿐 주변에서 맴돌고 있다.

"그것은 향수와 같아서 잡을 수가 없어요. 또 설령 잡아도 실망하기 쉽지요. 그냥 두세요. 실상인지 아닌지를 확인하려 들면 안 되지요."

오늘도 콘크리트 빌딩 숲 사이 아베크족의 다정한 눈빛과 얼굴에서 불안한 젊음이 보인다. 그녀는 끊임없이 다가와서 위로받기만 갈망하고⋯. 진실의 둑은 불안정하다. 현대인의 물질 만능주의는 점점 하늘을 찌르고, 낡은 휴머니즘이 이기적 독백으로 변하고 있다.

"당신은 사랑과 선이며 병든 영생의 구혼자이신데, 당신이 아닌 허상을 좇는 현대인이 물밀듯 몰려듭니다."

젊음의 링 위에 서서 얼마나 아파야 진실의 씨앗이 열매를 맺을 수 있을까? 한낱 환상 속에 얽매인 그림자일 뿐인가? 철장 속에서 행복해 보이려고 웃고 있는 군상, 소외된 약자에게 야누스의 얼굴로 이권을 취하는 자선가, 모순의 세계는 진실을 갈구하는 목마른 자로 가득하다.

훈훈한 마음으로 빙그레 웃을 수 있는 곳, 오늘도 내 젊음이 머물러야 할 따뜻한 영혼을 갈구하고 있다.

열 정

　　마음을 쏟아 불타는 듯한 감정을 열정熱情이라 한다. 열정이 주는 이미지는 뜨거움과 활력이다. 열정은 마음에서 우러나 행동으로 옮기는 용기이고, 화산에서 분출하는 힘과 같다. 장애물을 제치며 거침없이 달려가는 마음의 결정체이기도 하다. 주변에서 열정적으로 사는 이를 많이 본다. 매일 산에 오르거나, 자전거로 국토를 순례한다든지, 연구실에서 밤낮없이 공부에 몰두하는 것도 모두 열정적 삶이라 하겠다.

　　영원한 젊음이 없는 것처럼, 한결같은 열정을 갖기도 쉽지 않다. 인간은 태생적으로 몸과 마음이 변하기 때문이다. 달콤한 키스도, 첫날밤의 풋풋한 육체의 향기도, 임을 향한 뜨거운 연정도 시간이 지나면 무디어진다. 어쩌면 인간사에서 지속 가능한 열정은 없는지도 모른다. 그렇더라도 살아오면서 한 번쯤 열정을 가져보지 않은 사람은 없을 것이다.

열정은 삶에서 발전의 모티브가 되지만, 때로는 독이 되기도 한다. 나이와 상황에 따라 적절한 열정이 필요하다는 의미이다. 지나친 열정으로 패가망신하거나 건강을 해치는 사람도 흔하다. 이미 몸은 노화되었는데 마음은 계속 젊다고 생각하며 과로하다가 쓰러지는 중장년, 불륜을 로맨스로 착각하다 신세를 망치는 사람들이 그런 부류다.

개인과 사회, 국가가 발전하려면 각각 맡은 바 책무에 충실해야 한다. 자기 계발의 노력을 게을리할수록 사회 발전이 저해됨은 말할 필요가 없다. 최근 교수들이 연구를 게을리한다는 뉴스가 매스컴에 오르내린다. 대학 평가에서도 교수들의 연구 실적을 공개하고 있다. 그러하니 교수들이 스트레스를 많이 받는 것도 사실이다.

당연히 교수는 학문 연구에 매진해야 한다. 신임 교수 때는 전공 분야 연구에 대한 열정으로 가득했었다. 때로는 의욕 과잉으로 자만심과 오만함도 보였다. 그러나 젊었기 때문에 그 모습도 아름답고 순수하게 보였다. 그러나 중견 교수로, 원로 교수로 갈수록 초심이 꺾이거나 사라져가기 쉽다. 공부의 열정이 식으면 당연히 연구 성과가 떨어지게 마련이다.

열정은 뜨거운 감정에서 출발하지만, 그 감정이 자연스럽게 솟아 나오는 것은 아니다. 부자연스러운 감성의 불꽃은 오래가지 못한다. 누구에게나 평생 가꾸고 지켜야 할 목적 지향적 가치가 있다. 교수라면 학문에 대한 지속적인 열정이 요구된다.

일상의 수레바퀴에서 오는 긴장을 풀고 기지개를 켜 보자. 달려오면서 누적된 스트레스로 지친 자아에도 재충전할 수 있는 잔불이 남아있을 것이다. 그 남은 에너지를 끌어모아 불태우는 능력은 자기에게 달려있다. 지적 호기심이라 할까, 새로운 분야를 추구할 때의 희열이라 할까, 이런 내재한 에너지를 끄집어내기 위해 굳건히 실행하는 용기가 필요하다.

　　교수는 세월이 흘러 중장년이 되더라도 지향하는 가치를 소중히 여기고 시들어가지 않도록 노력해야 한다. 교수는 자기 전공분야 연구, 제자 양성, 공동체에 대한 책무에 열정을 가질 때 지속가능한 삶을 사는 것이다. 서두르지 말고 꾸준히 실천하려는 마음이 최우선이다.

명 함

　　대학교수의 직업적 특성이라면, 일단 임용되고 나면 쉽게 다른 직장으로 옮기지 않는다는 점이다. 그래서 이런저런 문서들이 연구실에 쌓이게 마련이다. 대표적인 것이 명함이다. 명함은 자기의 신분을 상대방에게 알리기 위한 정보 또는 홍보 카드라고 할 수 있다. 친구나 친척, 제자들이 건네는 명함도 있지만, 대부분은 업무과정에서 주고받는 것들이다. 받은 명함을 바로 활용하기도 하지만, 그냥 쌓아두는 것도 많다.

　　업무가 완결되어도 앞으로 인간관계를 연결해 주는 정보가 필요한지 아닌지가 모호하고, 부피도 크지 않으니 그냥 놔둔 것이 쌓여 있다. 이제 명함의 가치가 크게 줄어든 시대가 되었다. 바로 핸드폰에 전화번호를 저장할 수 있으니 말이다. 명함을 사진으로 찍어 모바일로 전송하기도 한다. 그러니 명함이 자기를 소개하고, 사람을 연결하는 매개체로서의 가치가 줄어들었다.

정년퇴임을 앞두고 있으니 명함과도 이별할 시간이 되었다. 어림잡아도 1천여 장이 넘는가 싶다. 1980년, KIST로 실습을 나간 이후부터 명함을 받기 시작하였다. 캐비닛에 있는 명함 뭉치를 쓰레기통에 버리기 전에 대충 흘어보았다.

받은 지 오래되었지만 지금까지 연이 닿아 기억이 나는 사람이 있고, 고마웠던, 미안했던 사람도 있다. 반면 도저히 기억이 안 나는 사람, 지금 무엇을 하고 있을까 궁금한 사람, 유쾌하지 못했던 사람도 있다. 물론 세상을 하직한 사람도 보였다.

우리는 모두 만나고 헤어지고 잊힌다. 그 많은 사람이 지금 무엇을 하고 어떻게 살아가고 있을까, 부질없는 생각이다. 잊히는 것은 자연스러운 현상이지만, 잊혀서는 안 될 사람도 있다.

오늘 드디어 모든 명함을 버렸다. 잔흔이라도 남아있을까? 감사해야 할 사람들만이라도 기억으로 남았으면 좋겠다.

연구실

    열정적으로 달려왔던 길에 잠시 숨을 가다듬고 되돌아본다. 후회는 없는가? 지금까지 걸어온 인생 여정과 관계없이 앞으로의 삶도 사랑할 수 있겠는가? 가야 할 곳이 누구도 밟아 본 적이 없는 미지의 세계일지라도 두려움 없이 앞으로 나아갈 수 있겠는가?

    새싹은 더 이상의 새싹이 아니다. 새싹이 자라 청록으로 변하고, 다시 낙엽이 되고, 흙이 되고, 부서져 허공이 되고, 망각이 되어 이제 더 이상의 잊혀야 할 것조차 없을 때가 올 것이다. 반절 이상 걸어왔던 인생 여정을 지나 앞으로도 언제 하차할지 모르는 길에 허무를 물리치고 담담하게 걸어갈 수 있겠는가?

    현실 가까운 곳에서 만난 이들에게 먼저 손을 내밀 수 있는 여유가 있는가? 노을에 물든 서녘 하늘을 보면서 시인의 마음처럼 순수함을 간직할 수 있겠는가?

    다음 달이면 30년 넘게 지켜왔던 연구실을 떠난다. 대학교 수라서 반평생 이직하지 않는 덕택에 오래된 자료들이 연구실에 온전히 남아있다. 이제 정리하고 떠나야 할 시점이다. 가능한 한 연착륙하려는 마음으로 정리할 준비를 하고 있다. 나의 연구 생활과 동고동락해 온, 부족한 지식을 채워 준 많은 책과 논문, 연구 자료들이 쌓여 있다.

    연구 주제별 저널들, 박사학위 논문에 참조되었던 복사본 외국 서적들, 어렵게 구한 원서들, 필기구로 쓴 박사학위 논문 원본, 학회에 투고하려다가 거절당했던 원고 뭉치, ICoMST(세계식육학회)를 비롯하여 여러 학회에 참가한 후 남겨두었던 자료와 파일들, 투고했던 글이 실린 잡지들….

    1980년부터 모아두었던 연구 실험 일지와 노트들, 파워포인트가 나오기 전에 제작된 전공 관련 사진과 슬라이드들, 투명 필름 복사지에 복사한 각종 자료, 논문에 실으려고 직접 그린 잉크와 외국산 도구들, 연구 생활 초창기에 외국으로 나가기 위해 갖춰야 했던 각종 서류, 3차의 외국 체류 기간에 부착했던 각종 신분증과 관련 서류들, 결혼 전에 친구들과 주고받았던 편지, 어머니와 은사님이 보내주신 편지들….

    1차로 반 이상을 걸러냈다. 평생 나의 지식의 길잡이고 동반자였으니 어찌 섭섭한 마음이 없겠는가만, 버리고 나니 가슴이 시원하다. 혈관이 깨끗해진 느낌이라 할까? 나머지 선반 위의 자료들도 도살을 앞둔 가축처럼 대기하고 있다. 주인을 원망하는 걸까? 아니면 주인의 노고에 박수를 보내는 걸까?

가차 없이 버리지만, 아직 조그만 미련은 남아있다. 이들 중에서 후학들에게 꼭 필요한 자료는 없을까? 이미 경험으로 알고 있지만, 정보를 손쉽게, 신속하게 구할 수 있는 시대의 후학들은 이런 구닥다리 정보들이 필요치 않을 것이다.

그래도 J 교수와 K 박사는 버리려고 정리해 놓은 자료 중에 책 한두 권과 일부 파일을 가져갔다. 발효육에 관한 강의 교재와 각종 자료는 S 대학의 K 교수가 가져갔다. 제자 J 박사는 농민 교육용으로 발간된 '한우 자료' 한 상자를 가지고 갔다. 내 자료들을 가져간 후배 학자들이 너무나 고맙다.

자료는 버리지만, 내가 남긴 것은 무엇인지 생각해 본다. 연구 생활 40년 동안 학회지에 248편의 논문을 게재하였고, 24건의 특허를 등록하였으며, 전문서적도 21권 발간하였다. 또 대학원생들을 지도하여 석·박사 40여 명을 배출하였다. 전공도서 외에 일반인을 상대로 한 교양서도 2권 썼다. 벨기에서 교환교수로 있을 때 쓴 『벨기에 이야기』와 지난해 6월에 펴낸 『세상의 모든 고기』이다.

30년 이상 함께했던 이 연구실은 아늑한 보금자리이면서도 학문 정진의 배양실이다. 연구와 강의에 전력투구한 나만의 전쟁터

이기도 하다. 강의를 끝내고 돌아오면 휴식처가 된다. 피곤함을 커피 한 잔으로 달래며 햇살이 쏟아지는 창 너머의 세상을 본다. 물안개로 보이지 않던 대룡산이 아름답게 그 얼굴을 드러내고 있다. 연구실에서 사시사철의 풍광을 볼 수 있어서 행복했다.

누구에게도 방해받지 않는 공간이 연구실이다. 언제나 고요함과 자유로움이 깃들어 있다. 나만의 고립된 공간이지만, 인터넷으로 연구와 교육이 끊임없이 이루어지는 곳이다. 막혀있지만, 그물망 정보가 넘나드는 곳이라 다른 방식의 소통이기도 하다.

이제 교수로서 결실의 순간을 앞두고 있다. 학문 탐구와 교육, 그리고 사회봉사까지도 마무리해야 하는 시기이다. 그동안 함께한 도서, 보고서, 과학 잡지, 기구들을 정리하려고 한다. 버리는 것도 연습이 필요하다. 그래야 연구실을 비우는 날, 갈등이 없을 것이다.

반면 챙겨야 할 것들을 헤아려 본다. 반평생 나름 연구해 왔던 사람이 가진 무형의 가치를 생각해 본다. 의지는 한없는 욕심을 덜어내라고 작동하고 있지만, 행동은 머무적거리고 있다. 세월 따라 떠나야 할 연구실에서 창밖을 바라보자니 이런저런 생각이 떠오른다.

후회 없는 삶이란 있을 수 없다. 단지 앞만 바라보고 달려온 내 연구 항로였기 때문에 좌우 옆을 보지 못했던 것이 아쉽다. 무엇을 버리고, 무엇을 남길 것인가? 인생의 길 위에서 그 기준을 정하진 못했고, 어쩌면 기준이 없을지도 모르지만, 연구와 관련하여서는 큰 아쉬움이 없어 다행이다.

제자의 선물

연구실에는 오래된 책들이 쌓여 있어 퀴퀴한 냄새를 풍긴다. 그동안 몇 차례 정리하였지만, 아직도 많이 남아있다. 지식의 저장고, 지식의 전달자로서, 그리고 내 연구의 동력으로서 역할을 했는데, 이제 그 수명이 다해 가고 있다.

자연과학의 특성 때문인지 모르지만, 새로운 이론과 기술이 끊임없이 몰려오고 있어 지나간 학문은 밀려나고 있다. 한때 내가 열정적으로 파고들었던 분야가 세월이 흘러 빛을 잃어가고 있다. 늘 옷장에 걸려 있으나 거의 입지 않는 옷처럼….

정년이 가까워지자 연말에는 연구실 책꽂이를 정리 정돈하곤 하였다. 곧 버릴 것을 버린다는 것이다. 쉽게 버릴 수 없는 각종 지식의 유형물을 선별하여 폐기 처분하는 작업이다. 땀에 젖었던 그런 출간물들을 버리는 것은 용기가 필요하다. 더구나 인터넷이 발달하고 컴퓨터의 저장 작업이 편리하여 예전의 귀했던 문서조차 귀찮은 존재로 되어가고 있다.

버림의 그 아쉬움을 '정보의 홍수 시대에는 비워야만 새것이 들어올 수 있다'라고 자위한다. 그러나 '어차피 정년퇴임을 하면 이 모두를 다 비워주어야 하지'라고 현실적 평계로 그 허전함을 잊으려 한다.

오전부터 부지런히 책들을 정리했다. 어떤 복사본 책을 버리려는 데 책갈피에서 개봉이 안 된 편지가 나왔다. 옛 제자가 외국 서적을 직접 복사, 제본하여 내게 선물로 보낸다는 내용이었다. 일본의 닭고기 관련 기술서인데, 후배들에게 조금이라도 도움이 되라고 나에게 보낸다는 것이다. 맨 끝에 '2000년 5월 10일 96학번 J'라고 쓰여 있었다.

그러나 20년 전, 제자 J가 이 복사본을 나에게 보내주었다는 것이 기억나지 않는다. 아마도 유럽과 미국에서 발간된 기술서가 많이 있어 희미하게 복사된 이 일본 책에 관심을 두지 않았던 것 같다. 아무튼 복사본과 편지도 내가 외출한 시간에 연구실로 배달되었나 보다.

다행히 이 제자가 누구인지는 기억이 난다. 논술식 문제의 답을 논리적으로 잘 쓰는 우수한 학생이었다. 나이에 비해 성숙하게 보이는 굵은 테 안경을 꼈고, 진로 상담 차 내 연구실을 몇 차례 찾아온 적도 있었다. 미안하다, J야! 늦었지만 고마움을 전한다. 지금 어디서 어떻게 살고 있니? 너도 이제 40대 중후반의 나이가 되었겠구나. 고마운 마음으로 너를 기억할게.

정년퇴임

정년퇴임을 한 지 사흘이 지났다. '퇴임'이란 직장의 임무에서 물러나는 것이다. 자연인이 되어 지난날을 되돌아보니 감회가 새롭다. 대학원 박사과정 중 식품연구원에 입사한 이래 지난 8월까지 했던 가장 주 업무는 연구였다. 대학으로 옮긴 후에는 교육과 봉사라는 추가 임무가 있었지만, 연구 업적은 대학과 교수를 평가하는 중요한 지표이다.

공부는 혼자 해도 되지만, 연구는 혼자 하는 게 불가능하다. 설령 혼자 할 수 있다고 해도 말할 수 없이 효율이 떨어진다. 성공적으로 연구하려면 연구비, 인력과 설비(대학원생, 연구원, 각종 기기), 창의력(열정)이 필요하다.

그러나 여기서 끝나는 것이 아니다. 연구자와 협업하는 경영철학과 사회적 관계망이 필요하다. 학자가 그런 단단한 인적 연결망을 잘 활용하면 능력이 배가된다. 혼자 모두를 해결하는 것이 아니라 서로 도우면서 연구하는 연결망을 사회가 요구하기 때문이다.

가만히 앉아 있는데 연구해달라고 요청받는 예는 거의 없다. 연구비를 확보하더라도 연구 수행을 위해 교수는 뛰어야 한다. 좋은 방법은 자기의 배경을 활용하는 것이다. 고향과 집안 친인척을 활용하는 것은 기본이고, 학교 동문은 주요 연결망이 된다. 어느 고등학교, 대학교, 대학원에서 공부했는지, 어느 분야에서 일했는지 등 배경이 연구 능력 배가에 도움이 된다.

나의 40년 연구 생활에서 가장 큰 원동력, 또는 장애물은 무엇이었을까? 한마디로 대학과 대학원은 문제가 없었는데, 인문계 고등학교에 다니지 못한 것이 아쉬움으로 남는다. 실업계 고등학생으로서 대학 진학의 어려움, 진학 이후 기초 과학과 외국어 실력의 부족, 출신 학교에 대한 사회적 편견과 관계망의 한계가 있었다.

군대에서 야간 독도법 훈련을 할 때 처음 산맥을 잘못 선택하면 다음 날 아침 최종 목적지에서 몇 킬로미터 벗어난 지점에 도착하는 것처럼, 고등학교 3년의 선택이 이후 내 삶의 목표에 도달하는데 어렵게 했다. 기초 과학이 든든하지 못해 힘들었고, 출신 학교로 능력 자체를 폄훼하는 사회 분위기 때문에 상처받기도 했다.

공업고등학교로 진학했던 것은 가난 때문이었다. 당시 서울에서 천리교天理教 포교 활동을 하던 사촌 형님이 자기 집 옆에 기술학교가 있다며 입학원서를 아버지께 보내준 것이 나의 운명을 갈랐다. 60~70년대 당시 박정희 대통령의 경제개발과 공업화 정책에 대한 국민 홍보도 내가 선택을 잘못하는 데 한몫했다.

그래도 어렵게 고등학교와 대학에 다닐 수 있었던 것은 당시 산업체에서 일하며 동생의 학비와 용돈을 보태준 둘째 누나의 후원이 있었기 때문이다. 오늘날까지 항상 감사하게 생각한다.

경제적 문제 외에도 대학 생활에는 말할 수 없는 어려움이 많았다. 실업계 고등학교는 대학 진학을 위한 수학, 물리, 화학, 생물, 영어, 독일어 같은 과목이 없어 모두 따로 공부해야만 했다. 동일계 진학의 특례제도가 없었던 시기여서 대학 입학에 불리하였다. 그래도 고등학교 3학년 봄부터 집중적으로 공부하여 재수하지 않고 예비고사와 본고사를 통과해 대학에 들어올 수 있었다.

청소년기의 잘못된 선택을 되돌릴 순 없다. 한 번 놓쳐버린 기회를 영예롭게 회복하는 것은 불가능하다. 그래서 연구 생활을 하면서 늘 과거보다 현재의 실적만이 학문적 능력을 입증할 수 있다고 믿었다. 다행히 생명과학 분야인 내 전공이 적성에 맞아 정년 때까지 연구에 정진할 수 있었다. 열정의 끈을 놓지 않았기에 논문, 특허, 저서에서 부끄럽지 않은 성과를 내었다고 자부한다.

서양 속담 '소매 안의 바보(Every man has a fool in his sleeve)'를 이제 숨길 필요가 없다. 그동안 닫혔던 나의 마음을 열고 싶어졌다. 나의 살아온 이력을 잘 아는 고향 선배 교수님이 말했다.

"음악가, 예술가, 작가, 과학자들이 훌륭한 업적을 내놓는 것은 대부분이 그 바닥에 흐르는 콤플렉스 때문이에요."

위로하는 선배의 말씀을 들으니, 마음속에서 큰 줄기의 눈물이 흘렀다.

내 마음을 무겁게 했던 고등학교였지만, 몇몇 친구들과는 줄곧 인연을 이어오고 있다. 그들은 도회지에서 태어났으나 나처럼 가난했고, 나처럼 어려운 환경에서 자랐다. 친구들은 모두 중년의 고개에서 안정된 삶을 보내고 있다. 지금 그들의 자녀들은 아버지 세대와 달리 양질의 고등교육을 받고, 성공적으로 사회생활을 하고 있다.

퇴임 첫날 아침, 과묵한 친구 I로부터 전화가 걸려왔다.

"촌놈이 기술을 배우려고 서울에 올라왔다가 전혀 다른 전공으로 바꾸어 역경을 극복하고 살아온 네가 자랑스럽다. 퇴임을 축하한다."

50년간 꾸준히 만나고 있는 다섯 친구가 다음 주에 춘천으로 내려와 축하해 주겠단다. 가슴이 뭉클했다. 그들에게 미안한 생각도 들었지만, 참으로 고맙다.

게재 불가 논문

나는 1983년에 한국식품연구원의 전신인 농어촌개발공사 식품연구소에 공채로 들어가 연구 생활을 시작하였다. 입사한 지 얼마 되지 않았을 때 발효 육제품을 연구하라는 상부(농림부)의 명을 받았다. 요즘은 한국에서도 살라미, 페퍼로니, 생햄, 프로슈토, 하몬 등 발효 육제품이 시판되고 있고, 외국 여행 또는 해외 직구를 통해 직접 서구 육제품도 접할 수 있지만, 당시는 제조 기술은커녕 제품명 자체가 생소하였다. 당연히 국내에서는 아무도 발효육을 연구하지 않았다.

의욕과 추진력이 충만했던 젊은 시절, 정보가 전혀 없는 상태에서 외국 문헌을 직접 구해 읽어보면서 연구를 시작하였다. 오늘날처럼 인터넷을 통해 문헌을 접할 수 없었기 때문에 직접 원본을 외국 기관에서 구해 보는 시절이었다. 제조설비도 제대로 갖추지 못한 상태에서 연구 초기에는 실패의 실패를 거듭하였지만, 4년 후 한국식 생햄과 소시지를 독자적으로 개발하는 데 성공하였다. 한국은 물론 영국과 독일에 특허등록을 마쳤고, 10여 편의 논문을 학회지에 실을 수 있었다.

오래된 자료들을 정리하다가 35년 전의 원고 뭉치를 발견하였다. 당시는 200자 원고지에 국한문을 혼용하여 논문을 썼다. 그런데 어느 학회지에 투고한 발효육에 관한 연구 원고가 게재 불가 판정을 받은 것이다. 통상 논문 게재가 부결되면 원고를 필자에게 돌려주었기 때문에 보관하고 있었나 보다. 논문 속의 그림은 기름종이에 독일제 줄자와 잉크를 사다가 직접 그렸다. 그림을 그리다가 잉크가 퍼지게 되면 다시 그리곤 했던 기억이 난다.

하늘 높은 줄 모르던 패기의 날개가 꺾이는 기분이었다. 심사자에 대한 원망, 자신에 대한 실망도 컸다. 지금에 와서 왜 부결시켰는지 그 이유를 확인하는 것은 의미가 없다. 지금까지 연구 생활을 하면서 외국의 유명 학회지에 투고하여 부결된 경험도 여러 번 있어서 부결에 대한 실망감이나 상처는 그리 크지 않다. 그렇지만 당시의 부결은 내가 수행한 연구가 제3자에게 부적격이라고 판정받은 첫 사건이었으니, 충격이 컸다.

'게재 불가'로 판정받았지만, 그 원고를 도저히 버릴 수는 없었다. 반면교사 삼아 다시는 이런 일이 벌어지지 않도록 완벽하게 연구하여 논문을 쓰자는 의지가 있었던 것 같다. 계속 나를 각성시키는 상징으로 보관하고 싶었다.

35년 동안 보관하면서 먼지와 좀내, 갈색으로 바래버린 원고지와 이제 작별하고자 한다. '게재 불가'로 판정받은 경험이 내 연구 자세를 한 단계 더 성숙하게 만들어 주었다고 감사하게 생각한다.

나의 식육학 연구

1983년 3월 1일에 한국식품연구원의 연구원으로 일하기 시작하여 2022년 8월 31일 대학에서 정년퇴임하기까지 40여년간 식육학meat science 한 영역만 연구했다. 그간의 내 연구 주제를 돌이켜 보면 크게 3단계 흐름으로 나눌 수 있다.

첫 번째, 1980년대에서 90년대 초반까지는 새로운 육가공 제품의 개발이 주요 업무였다. 1988년 올림픽에 대비하여 글로벌 육류 식품 개발 사업에 참여하여, 유럽 농가에서 생산하는 생햄이나 발효 소시지를 한국 실정에 맞게 개발하였다. 김치에 들어있는 젖산균을 넣어 김치 발효 소시지를 개발, 독일과 영국에서 특허를 등록하기도 했고, 이 과정을 박사학위 논문으로 정리하였다. 29세인 1986년 8월에 박사학위를 취득, 연구소의 네 번째 학위 취득자가 되어 두 단계 승급의 영예를 안았다.

두 번째, 1991년부터는 모교 강원대학교에 부임해서 지속적으로 연구를 수행하였다. 1989년, 우루과이 라운드 협정에 따라 농축산물의 수입 개방이 시작되었다. 풍전등화와 같았던 한우의 경쟁력을 키우기 위해서는 품질 증진이 급선무였다. 1990년 중반에서 2010년대까지 한우의 육질 증진을 위해 유통기간 연장, 포장법 개선, 숙성법 개발, 맛과 향기 성분을 규명하는 연구를 시행하였다. 특히 지방의 산화 과정 규명과 방지법 연구에 노력했다.

세 번째, 2010년도 이후에는 고기와 관련한 건강 기능성 증진에 관한 연구를 시작했다. 오메가3 지방산 증진이나 친환경 고기 개발, 각종 허브와 관련한 고기의 건강 증진 효과 및 산화 억제 효과를 규명하였다.

연구에 활용한 원료 고기도 단계별로 달랐다. 첫 단계에서는 가공육 원료로 돼지고기를 주로 사용하였다. 두 번째 단계에서는 한우고기의 품질 증진 시험을 하는 것이니 자연스레 쇠고기가 주원료였다. 세 번째 단계부터는 닭고기에 관심을 두기 시작하였다. 이때는 소비자들이 건강에 관심이 많아 닭고기가 인기 있었다. 인도네시아에서 온 이슬람교도 유학생 4명이 연구를 주도하였기 때문에, 그들이 금기시하는 돼지고기보다는 자연히 소와 닭고기 위주 연구가 진행되었다.

정년 후의 인생

　　나는 2022년 8월 말에 정년을 맞이했다. 제2의 인생을 어떻게 살 것인지에 대해 주변 분들이 종종 묻기도 하고, 친구들 모임에서도 주요 화두가 되었다. 2~3년 전까지만 해도 그간의 연구와 교육에 대해 되돌아보고, 정년 후 생활을 생각해 보기도 하였다. 그러나 정년이 한 달도 되지 않은 시점에서는 오히려 담담했다. 아무 생각도 나지 않는다. 편안하다고 할까? 집착이나 미련, 아쉬움이 없다고 할까? 불교에서 말하는 무아 무념처럼, 세속적인 말로 멍때리는 기분으로 시간을 보냈다.

　　퇴임의 원칙은 '책이나 문서 등 잡다한 것을 과감히 정리하자. 그리고 마음도 비우자'이다. 그런 원칙을 세우니 참 편안했다. 2022년 6월에 발간한 내 저서 『세상의 모든 고기』를 지인들에게 증정, 홍보하고, 판매량도 점검하는 것이 일상의 기쁨이 되었다. 떠나는 심정은 참 좋다. 그래서 행복하다.

정년 후의 생활을 구체적으로, 또는 거창하게 미래 설계를 하지 않으려고 한다. 또 하나의 족쇄가 될 염려가 있기 때문이다. 다만 "내가 좋아하고 조금이라도 더 잘하는 달란트가 무엇인가?"를 생각해 보고, 내가 남들보다 조금이라도 잘하는 DNA, 또는 후천적 학습으로 익힌 재능이나 취미를 알아내어 그것을 수행하자. 그것이 자그마한 꿈을 향한 열정이라면 더할 나위 없이 좋을 것이다. 이것으로 이웃과 가정에 도움이 되고 함께 즐거워야 한다.

평생 좌우명으로 삼은 '창조적 삶'의 연장이기도 하다. 지금까지 여유가 없어 귀 기울이지 못한 "어떤 일이 일어나더라도 자연스럽게 흘러가라. 그리고 그를 통해 자신의 마음을 자유롭게 하라"고 말한 장자의 명언을 실천하려고 한다.

휴식하는 법

　한국 전쟁 직후 태어난 세대는 가난한 환경에서도 성장했고, 열심히 살았다. 형제자매 모두 밤낮 가리지 않고 열심히 일했고, 동생들은 학교에서 향학열에 불탔다. 오늘의 대한민국이 있기까지는 전후 세대, 곧 지금의 노년 세대의 피땀 흘린 노력 덕분으로 보아도 될 것이다.

　살다 보니 어느새 인생의 석양을 바라보는 나이에 이르렀으나, 그동안 자신을 되돌아보고 성찰할 정신적·시간적 여유가 없었다. 취미 활동이나 여가 활동, 심지어 건강까지 돌보지 못하고 살아왔다. 그저 퇴근 후에 소주 한잔하면서 스트레스를 풀려고 했다. 최근 주위에서 갑자기 심장마비나 뇌졸중으로 쓰러지는 사람들을 보면서 어느 선배의 충고가 생각났다.

　"우리 세대는 일만 할 줄 알았지, 노는 법은커녕 쉬는 법을 몰라요."

　　그냥 집에서 TV를 보거나 침대에 누워 뒹구는 것이 쉬는 것인 양 생각하는 사람이 많은데, 그게 아니란다. 휴식은 몸과 마음이 이완되는 상태이다. 잠자기 전에 야식을 먹고 자면 휴식이 아니다. 몸은 쉬고 있는 것처럼 보이나, 뱃속에서는 음식을 처리하려고 끊임없이 생리적 작용을 하고 있다.

　　정신적 휴식은 어떤가? 휴일 낮에 푹 쉬고 싶어 소파에 누웠다. 눈을 감았으나 지나간 일들, 회사의 업무나 인간관계, 기억에 계속 남아있는 일들, 미래에 대한 계획, 근심 걱정이 머리에 가득 찰 수 있다. 두뇌가 계속 일하고 있으니, 이 또한 휴식이 아니다.

　　휴식을 위해서는 마음을 비워야 한다. 그러나 쉽지 않다. 마음을 비우니 그 자리에 또 다른 잡념들이 밀고 들어온다. 불교에서 말하는 해탈의 무아지경에 이르지는 못할망정, 평온한 정신상태는 유지될 수 있어야 한다. 휴식도 훈련과 자기 수양이 필요하다. 전문가들은 명상을 권유하기도 한다.

휴식을 잘하지 못하는 사람이 많다. 나이 들면 신체적 이상이 한두 가지 생기기 시작하고, 정신적으로도 우울증이 증가한다. 휴식을 잘할 줄 아는 사람이 일도 잘할 수 있다. 어린아이도 마찬가지다. 어느 조사 보고에 의하면, 매일 일정한 시간을 운동장에서 뛰어노는 아이가 끊임없이 공부하는 아이보다 학습효과가 좋았다고 한다.

중장년들이여! 이제 휴식하는 방법에 관심을 가져보자. 휴식도 훈련이 필요하다. 나 자신의 건강과 행복을 위하여!

인도네시아 제자의 눈물

그가 한국에 처음 왔을 때 적응력이 대단했다. 항시 만나는 사람마다 친근감과 붙임성을 보였다. 다른 외국 유학생보다 한국어를 잘 알아듣고 곧잘 구사하였다. 나중에 알고 보니 한국 음악, 드라마, 연예계 정보도 꿰고 있었다. 연구실에서도 한국 노래를 듣고, 한국 학생들과 노래방에 가 유행하는 노래를 부르곤 하였다. 요즈음은 한류가 널리 알려졌지만, 그 학생이 유학 온 당시는 익숙하지 않은 분위기였다.

어느 날 강원대학교 총학생회가 주관하는 축제에 가수 백지영을 초청한 적이 있었다. 당시 크게 유행한 〈총 맞은 것처럼〉을 불렀던 가수다. 그는 가수가 공연장에 도착하기 전에 좋은 자리를 잡아야 한다며 두어 시간 전부터 미리 기다리고 있었던 적도 있었다.

그는 대화할 때 상대방의 의도를 빨리 알아차리는 감각이 있었다. 보통 외국인이 한국에 오면 문화, 관습 등의 차이에서 오는 거리감이 있을 수밖에 없지만, 무홀리신Muhlisin은 회식 때 술을 마시지 않는 것을 빼고는 별로 이질적이지 않았다. 하루 다섯 번의 이슬람식 기도도 타인이 의식하지 않게 살며시 했다. 그는 인도네시아에서 강원대학교로 유학 온 대학원생이었다.

지난 20여 년 동안 인도네시아 유학생 4명이 나의 지도로 박사학위를 받았다. 첫 학생은 인도네시아의 족자카르타에 있는 가자마다대학교 조교수 판조노Panjono였다. 그는 당시 기혼자였고 현직 교수였으므로 박사과정을 마치고 바로 돌아갔다. 그리고 다음 유학생으로 그의 학부 제자를 추천했는데 그가 무흘리신이었다. 나는 주저하지 않고 무흘리신을 내 연구실의 대학원생으로 받아들여 6년이라는 세월을 함께 연구하였다. 그는 석박사 과정을 모두 마치고 성공적으로 학위도 취득하였다.

한국의 지방대학에는 외국 학생이 대학원에 들어오는 경우가 많다. 특히 자연 계열 분야에서는 연구 과제와 연구비는 있는데, 이를 수행할 한국 대학원생이 부족하기 때문이다. 나도 연구를 수행하기 위해 동남아 국가에서 학생을 물색하고 받아들였다. 외국인 노동자처럼 인력 확보라는 측면에서는 비슷하나, 고급 두뇌를 가진 인력이라는 면에서 다르다고 할 수 있다.

나는 지도 교수로서 외국 학생을 대할 때 나름의 원칙과 철학을 가지려고 노력했다. 누구에게나 능력과 인성을 중요하게 본다. 편견을 갖지 않고 한국 학생과 동등하게 대한다. 한국 학생이 외국인 학생에게 평등 의식을 갖고 서로 존중하도록 교육한다. 경제적인 면에서 여력이 생기면 도와준다. 특히 이슬람 학생이 한국식 술 문화를 강요당하지 않도록 해주고, 기도 생활이 적응되도록 이해하고 배려한다. 나 자신도 이슬람 문화를 긍정적으로 이해하도록 노력한다.

그는 경제적으로는 어려운 여건이었지만, 내가 겪은 다른 학생보다는 돈을 잘 쓸 줄 아는 친구였다. 가끔은 나에게 모자, 충전기, 셔츠 등의 소소한 선물을 하곤 하였다. 그의 경제는 연구비에서 지급하는 인건비와 대학과 기업에서 주는 장학금이 전부였다. 그는 이 돈에서 일부를 떼어 모국의 부모님께 송금해서 생계를 보태 드리곤 하였다.

그와 가까워지자 그의 가정형편을 소상히 알게 되었다. 연로한 아버지(지금은 이미 작고)와 어머니가 결혼을 포기한 형과 함께 시골에서 농사를 짓고 있었다. 결혼한 누나는 돈벌이를 위해 아이들을 친정에 맡기고는 말레이시아에서 가정부로 일한다고 했다. 한국도 마찬가지이지만, 가정형편이 어려운 학생은 대학은커녕 중학교도 갈 수 없단다.

학업성적이 좋았던 무흘리신은 고등학교까지 장학금을 받았다. 이어 인도네시아의 명문인 가자마다Gadjah Mada 대학에 합격하였다. 그러나 입학금과 기숙 비용을 집에서 조달하기는 애당초부터 불가능하였다. 똑똑한 학생이 가정형편 때문에 명문대 입학을 포기할 처지라는 사실이 지역 신문에 보도되자 어느 독지가가 나타나 후원하였단다.

무흘리신은 그 독지가의 집에 거주하며 청소해 주는 조건으로 학비를 지원받아 학부 과정을 마칠 수 있었다. 일종의 양아들처럼 그 집에 들어간 것이다. 무흘리신은 어려운 환경 속에서 공부하였지만, 언제나 명랑했다. 가끔 친모, 양모와 통화하고, 모교의 교수와 도 소통하곤 했다. 성격이 그러하니 한국, 인도네시아의 여러 사람 이 그에게 호감을 보였다.

박사과정 마지막 학기가 끝날 무렵 예기치 못한 작은 사건 이 발생하였다. 연구를 마무리하여 보고서를 제출해야 하는 바쁜 시 기였다. 하필 이때 인도네시아의 모교 교수로부터 다음 학기에 신임 교수를 특별 채용하니 학교에 잠시 다녀가라는 전갈을 받았다는 것 이다. 아직 학위도 받지 않은 상태이고, 자비로 귀국하기도 어려운 상황이었지만, 인터뷰를 위해 잠시 출국해야만 한다는 것이다.

나는 주저 없이 다녀오도록 허락하고 비행기 요금까지 지원 하였다. 그런데 돌아온 후 얼마 되지 않아 또 다녀와야 한다는 것이 다. 이번에는 총장과 면담해야만 한다는 것이다. 다시 다녀와야 한 다고 하니, 내 마음이 편치 않았다. 무흘리신은 구슬 같은 눈물만 뚝 뚝 떨구고 있었다. 결단을 내렸다. 내색하지 않고 보내주자고 생각 했다. 추가로 비행기 삯도 지원해 주었다.

그가 학위를 받고 귀국하여 모교의 교수가 된 지 10여 년이 흘렀다. 그 사이에 인도네시아 학생 2명이 학위를 받고 조국으로 돌 아갔다. 나도 32년의 교수 생활을 마치고 작년에 퇴직하였다. 그런데 세 번째로 학위를 받은 디키Dicky라는 파자자란Padjadjaran 대학에서 교수로 일하는 제자가 자바섬 반둥Bandung에서 결혼한다며 우리 부 부를 초청했다.

아내와 함께 10일간의 반둥과 족자카르타 여행길에 올랐다. 결혼식에서 4명의 제자도 만났다. 내가 반둥에 온다고 하니 무흘리신은 500km 이상 떨어진 족자카르타에서 하루 먼저 달려와 나를 맞이하고는 주변 관광을 안내하였다. 그가 '엄마'라 부르는 부잣집 마님은 비교적 덜 더운 이곳 반둥으로 이사와 산다고 하였다. '부자 엄마'는 우리 부부를 자기 집에 초청하여 만찬을 베풀어 주었다. 수영장과 헬스장까지 갖춰진 호화주택에서 그녀의 동생, 사위, 손자와 함께 식사하고 선물도 교환하는 즐거운 시간을 보냈다.

　　이튿날 우리 부부는 나머지 제자 3명이 교수로 근무하고 있는 족자카르타로 향했다. 아침 일찍 국내선을 타고 족자카르타 공항에 도착하니 무흘리신이 전날 밤 야간열차를 타고 먼저 와 공항에서 우리를 기다리고 있었다. 그는 10여 일간 특별 휴가를 얻어 그림자처럼 우리 부부와 함께하였다. 영어가 서툰 그의 부인도 항상 미소를 띠면서 동행했다.

　　먼저 그의 집을 방문하였다. 대출을 받아 마련한 집으로, 20년 분할로 매달 월급의 반을 내고 있다고 하였다. 어렵게 마련한 집에 만족하고 있는 듯 보였지만, 너무 협소하였고, 넉넉지 못한 것으로 보이는 살림 도구들이 마음에 걸렸다. 옛 제자가 지금도 여유롭게 살지 못한다는 느낌이 들어 속이 상했다.

　　그러나 무흘리신의 아내는 가난한 남편이나 시가에 일체 불만이 없는 것처럼 보였다. 아내는 "무흘리신이 어렵게 공부해서 교수가 된 것은 꼭 내 남편의 성장 과정과 같다"라고 이야기했다.

그녀는 말없이 웃고만 있었다. 다음날 교외의 멋진 레스토랑에서 그의 어머니, 형, 누나 가족이 모인 가운데 우리 부부의 환영회가 열렸다. 소박한 시골 사람들의 훈훈한 정감을 느낄 수 있었다.

또 다른 제자 에두가 근무하고 있는 스블라스 마류Sebelas Meret 대학을 비롯하여 중부 자바섬에서 유명한 보로부두르 불교사원, 왕궁, 상지란 원인 박물관, 대형 모스크를 며칠간 두루두루 구경하고 드디어 귀국하는 날이 되었다. 자카르타에 가기 위해서는 국내선 비행장으로 가야만 했다. 자가용으로 공항까지 바래다주겠다는 무흘리신 부부의 호의를 사양하고 공항 열차를 타기로 했다. 교통체증도 없고, 이동 수단이 편리하므로 더 이상의 신세를 질 필요가 없다고 생각했기 때문이다.

우리는 기차역 개찰구에서 마지막 기념사진을 찍었다. 작별인사를 하면서 포옹하는데, 무흘리신의 눈이 붉어지고, 그의 아내는 빗방울 같은 눈물을 흘리고 있었다. 대학 동창으로 사귄 지 11년이라는 긴 세월을 기다려 줬던 그녀이다. 우리와의 짧은 만남과 헤어짐의 서운한 표현이라 할까? 우리 부부도 가슴이 찡했다.

눈물은 참으로 인간적이고 아름답다. 그렇지만 그들이 왜 울었는지, 그녀가 왜 울었는지 모른다. 분명 만남과 헤어짐 때문만은 아닐 것이다. 수시로 카톡을 할 수 있고, 언제든지 다시 만날 수 있는 세상인데 말이다. 귀국해서도 그들과 헤어질 때의 모습이 계속 아른거린다.

탄자니아 연수생들

　인종과 언어가 달라도 지구에 사는 모두는 '지구촌 가족'
이다. 교수라는 직업의 특성 때문에 나는 지구촌의 여러 사람을 만
날 기회가 많았다. 내가 만난 아프리카인을 떠올리면, 검은색 피부
에 하얀 이빨을 드러내고 웃는 모습이다. 가까이에서 본 그들은 모
두가 풍부한 감성을 표현하는데 자유로웠다. 그들이 노래하고 춤을
추는 것을 여러 차례 본 적이 있다. 몇 년 전 남아프리카공화국을 방
문하였을 때 식당 종업원의 고운 미소, 원주민들의 흥겨운 공연이
지금도 기억에 생생하다.

　벨기에 겐트대학의 졸업 파티에서 아프리카 유학생들이 자
신들의 전통춤을 추고 전래 노래를 불렀던 모습이 인상적이었다.
방문 교수로 미국 매사추세츠 대학에 머물렀을 때, 스테이시라는
흑인 대학원생도 자신이 좋아하는 음악이 라디오에서 흘러나오면
연구실에서도 자연스럽게 춤을 추었다. 내가 임기를 끝내고 귀국

하던 날, 스테이시는 하얀 치아를 드러내며 그녀가 즐겨듣던 노래 테이프를 선물로 주었다.

한번은 아프리카의 탄자니아에서 온 연수생들에게 '축산물 이용'에 관해 강의하게 되었다. 탄자니아인을 접하는 것이 처음이어서 다소 설레기도 하고 궁금하기도 하였다. 우선 강의 전에 탄자니아가 어떤 나라인지 알아보았다. 그들에 대한 최소한의 예의라고 생각했기 때문이다. 지도를 뒤져보니 아프리카 중동부의 케냐 아래에 있었다.

탄자니아에는 케냐와 국경을 사이에 두고 있는 아프리카의 최고봉 킬리만자로를 등반하기 위해 세계의 많은 관광객이 모여든다. 야생동물의 낙원이라고 불리는 세렝게티 국립공원도 있는 곳이다. 말로만 듣던 마사이족과 부시먼도 탄자니아의 부족이라는 사실을 알게 되었다. 바오밥 나무도 이 나라에서 자주 볼 수 있는 풍경이다. 그 외에도 많은 관광자원을 가진 나라다.

탄자니아는 나일강의 발원지 부근에 걸쳐 있다. 탄자니아의 바로 이웃 작은 나라 부룬디공화국에서 카게라강이 시작된다. 그 강은 탄자니아를 통과하여 흐르다가 이집트의 나일강으로 이어져 지중해로 흘러 들어간다. 탄자니아를 지나는 카게라강 유역에서 현생인류 조상의 머리뼈가 발견되었다고 하니, 탄자니아는 유럽인과 아시아인의 고향이라고 할 수 있다.

현생인류의 고향이지만, 아프리카는 유럽, 아시아, 미대륙

사람들보다 가난하다. 아프리카는 18세기에 영국에서 시작된 산업 혁명의 부스러기 혜택도 받지 못하였다. 오히려 유럽 열강의 식민지가 되어 노동력과 자원을 수탈당했다. 탄자니아도 예외가 아니었다.

한국은 6·25 전쟁을 치를 즈음 세계 최빈국의 하나였다. 유엔과 미국 등 선진국의 지원으로 성장하였다. 나도 그런 도움을 많이 받았다. 불과 20~30년 전까지만 해도 우리나라는 개발도상국으로 분류되어 유엔개발계획UNDP의 자금을 지원받았다. 이 자금으로 연구와 교육에 필요한 각종 실험기계류를 도입하였고, 실습 및 교육 목적으로 사용할 실험 육가공공장도 지었다.

내가 대학 재직 동안 육가공공장에서 고기 자르기와 포장 실습을 하고, 햄과 소시지 같은 가공육 제품을 만들 수 있었던 것도 그 자금의 지원으로 가능했다. 이제는 그 고마움을 우리가 갚을 때이다. 우리보다 못한 개발도상국에 필요한 자금과 신기술 전수, 교육 사업에 지원을 아끼지 말아야 한다.

강의할 때 탄자니아 연수생들의 호기심 어린 눈빛을 보고, 그 눈빛에서 희망을 보았다. 나중에라도 탄자니아를 위해 뭔가를 할 기회가 온다면, 내가 가진 작은 재능이라도 모두 그들과 나누고 싶다. 강의가 끝나자 함께 사진을 찍자며 유쾌하게 제안했던 그들의 낙천적인 모습이 기억에 남는다. 탄자니아에 번영과 행운이 있기를 바란다.

선인들에게 배운다 4

도산 안창호

조선이 망한 직접적인 계기는 외세의 침략 때문이지만, 근본적인 조짐은 조선 왕조의 내부에서 시작되었다. 조정은 성리학과 사대주의에 치우쳐 국제정세의 흐름에 눈을 감았다. 당파 싸움, 왕권과 신권의 대립, 이에 따른 국론 분열, 탐관오리의 민중 수탈이 기승을 부렸다.

도산 안창호는 조선이 외세에 문을 열 수밖에 없었던 시기, 곧 국운이 기울기 시작한 1878년에 태어나 독립운동에 헌신하다가 조국 광복을 보지 못하고 1938년에 돌아가셨다. 그가 살아 활동했던 시기는 우리 민족에게 가장 시련이 컸었고, 그의 개인적 삶도 무척 힘들었다. 그는 평생 조국 독립에 도움이 되는 일이라면 물불 가리지 않고 전 세계를 돌아다닌 활동가였다.

수시로 미국, 중국을 오갔으며, 필리핀, 멕시코, 호주, 유럽도 방문했다. 그는 방문하는 곳마다 조선인을 모아 학교를 운영하거나 단체를 만들어 인재를 양성하였다. 도산이 설립한 단체 중 1913년 5월 13일 샌프란시스코에서 창립한 '흥사단'은 지금도 국내외에서 활발하게 활동하고 있다.

애국자의 열정이 멈추지 않았던 까닭은 무엇인가? 독립의 신념과 희망을 끝까지 가슴에 품었기 때문이다. 안창호는 독립운동만이 아니라, 독립을 위해서는 근원적인 민족 개조 사업에 힘을 쏟았다는 점이다. 그는 난립한 독립단체들의 노선을 조율하였고, 개인의 안위와 영달을 버리고 오직 민족을 위해 몸을 던졌다.

당시는 많은 선각자가 해외에서 독립운동에 매진하였다. 그러나 출신성분이나 이데올로기에 따라 지향하는 운동 방식이 달랐다. 국내에서 활동하던 인사들이나 독립운동단체, 만주와 러시아 지역에서 레닌의 지원을 받아 활동한 사회주의 성향 단체, 미국 사회의 영향을 받은 단체 등은 서로 행동 방식이 달랐다. 그래서 분열과 불화도 심했다.

도산은 그러한 분열과 불화의 중재자였다. 독립운동 단체들 사이의 갈등과 분열을 해소하고, 운동역량을 하나로 모으려고 노력했다. 대한민국임시정부의 내무총장을 역임하며 임정 요원들의 엇갈린 주장을 조정하기 위해 무던히 애를 썼다. 노령에서 공산당의 지원을 받아 운동하던 이동휘를 설득해 임시정부에 참여시켰다. 이동휘가 반대하는 데도 이승만을 대통령으로 옹호해 줬다. 이와 같이 통합의 힘을 모아 임시정부를 이끈 실질적 리더였다.

어찌 보면 도산은 좌우 모두에게서 외면당하는 외로운 지도자였다고 할 수 있다. 많은 이들로부터 오해와 질투, 음해를 받아왔지만, 진정으로 독립을 앞당기기 위해서는 임정 내부의 통일과 단합이 필요하다는 사실을 깨닫고 있었다. 도산이 순국하자, 좌우 모두가 그의 죽음을 안타까워했다. 그의 통솔력과 인품을 좌우 진영모두 숭앙한 것이다.

최근의 연구는, 도산이 냉정한 이성을 가진 혁명가요, 미래를 내다보는 개혁가였다고 평가한다. 도산은 1929년의 흥사단 대회에서, 흥사단은 수양 단체가 아니라 혁명 단체라고 설파하였다. 당시 흥사단 북경지부는 '본업 역행, 교육 진흥, 실업 장려, 군인 양성, 암살단 조직'이라는 5대 사업을 천명하였다.

도산은 이승만처럼 강대국과의 외교에만 의존하는 방식이아니요, 김구처럼 행동으로 일관하는 스타일도 아니었다. 그는 치밀하게 준비하고, 혁명 이후 동포사회에 미치는 영향까지 고려한신중한 인물이었다. 우리가 알고 있는 독립운동가의 수준을 넘어혁명을 추구하는 투사였다.

도산은 암울한 시대에 독립운동으로만 산 건조한 성격의 소유자가 아니다. 인성적인 면을 보더라도 권력의 유혹에는 냉엄하면서도 언제나 따뜻하게 동지를 사랑한 분이었다. 자존감을 지키며극단에 치우치지 않은 삶을 살았고, 애기애타愛己愛他 정신을 평생 실천하였다.

도산은 1932년 윤봉길의 홍커우 공원 폭탄 투척 사건 직후 일본 경찰의 불심검문으로 체포되어 국내로 송환, 서대문형무소에 갇혀 온갖 고문을 당하고 그 후유증으로 돌아가셨다. 김구나 이승만처럼 해외에 있었다면 더 길게 독립운동에 헌신했을 것이다. 그러나 도산 서거 즈음의 독립활동 환경은 심히 혹독했다. 총독부의 회유와 유혹도 많았다. 이광수, 주요한 같은 홍사단 단우團友는 변절했지만, 도산은 죽는 날까지 신념을 굳게 지켰다.

그는 우리 사회의 내부 분열을 걱정했다. 변절자가 속출하였지만, 그럴수록 도산은 독립의 희망을 품었다. 민중에게 희망과 용기를 주고, 갈라진 독립 진영을 통합하는 능력을 보여 주었다. 해방의 빛을 못 보고 세상을 떠났지만, 도산은 이후 남북한 정부 수립과 동족상쟁이라는 극심한 좌우 대립을 예견했었는지 모른다.

도산은 마지막까지 지조를 지키며 독립을 염원한 위인이다. 오늘날 정치, 경제, 통일, 교육 등 여러 분야에서 벌어지는 극심한 양극화를 보면서 도산의 대공 복무 정신과 통솔력이 그립다. 도산은 갔어도 그의 위대한 사상이 우리 곁에 있어 다행이다.

백범 김구

백범은 조선의 국운이 쇠퇴하기 시작한 1876년에 태어나 평생 조국의 독립을 위해 투쟁했다. 유년 시절, 그는 양반들의 틈바구니에서 상민의 신분으로 제대로 공부할 수 없어 독학으로 한문을 익혔다. 명리학을 공부하려다가 본인의 관상이 좋지 않다고 생각하여 그만두고, 과거를 보려고 했다가도 그만두었다.

청년 시절, 그는 동학에 입문하면서 자연스럽게 평등사상과 항일 운동에 가담하게 된다. 21세에 일본군 장교를 처단하여 사형선고를 받고 옥살이를 하면서 독립운동에 몸을 담기로 결심했다. 그리고는 독립운동을 위해 중국으로 무대를 옮겼다. 그는 상해임시정부 주석으로 윤봉길, 이봉창의 의거를 추동하는 등 끊임없이 조국 독립을 위한 투쟁을 벌였다.

풍찬노숙의 독립운동에 전력 투신하였으니 가정도 안정적으로 꾸릴 수 없었다. 어릴 적 양가 부모가 약조한 약혼의 파기,

이어진 약혼녀의 죽음, 안창호의 여동생 안신호와의 인연도 맺어지지 못하고, 당시로는 늦은 나이인 28세에 결혼하였다. 딸 둘은 어려서 죽었고, 부인도 49살에 별세했다. 그의 가족사는 우리 독립운동사만큼이나 파란만장했다.

　　백범이 우리 국민에게 존경받는 것은 열렬한 독립투사이면서 문화와 평화를 사랑하는 자기희생의 지도자였기 때문이다. 상해 14년, 중경 6년 동안 임정 경무국장, 내무 총장, 주석이 되었지만, 항상 조국이 해방되면 정부 청사의 문지기라도 되겠다면서 조국의 독립을 염원하였다.

　　1930년대 중국에서 활동하던 독립운동 단체들은 민족주의 임시정부 계열과 사회주의 계열로 나뉘고, 그 계열 안에서도 사분오열되었다. 백범은 이런 실상을 안타깝게 생각하여 제 정파를 통합하려고 끊임없이 노력하였다. 해방 후에는 남북분단을 막기 위해 김규식과 함께 북한을 다녀오기도 했다.

　　그러나 백범은 도산 안창호나 그 외 많은 독립운동가보다는 행복한 편이라고 생각한다. 그는 조국 해방의 기쁨을 살아서 보았고, 반 토막일지언정 해방 조국에서 수많은 동포의 열화 같은 환영과 존경을 받았으니 말이다.

　　백범은 윤봉길 의거의 배후라고 지목되어 일제의 검거를 피해 중국 남부 일대를 숨어다녔다. 백범은 이때 중국 농촌을 돌아보며, 선조들이 중국의 선진 문물로 면화나 물레 같은 것을 들여왔으나 나중에는 탕건이나 갓 등 쓸데없는 장신구만 들여왔다며, 생각만 해도 이가 시리다고 하였다. 그는 민족의 비운이 사대사상에서 연유되었다고 비판하면서, 실사구시의 실용적인 학문과 기술을 강조하였다.

"국민 복리의 실생활은 도외시하고 주희朱熹(주자) 학설 같은 것을 그 이상으로 강고强固한 이론으로 주창함으로 사색당파가 생겼다. 당파들이 수백 년 싸움질만 하는데 민족의 원기가 다 소모되고 남은 것이 없으니 발달한 것은 오직 의타심뿐이라, 망하지 않고 배기리오."

백범은 결코 테러리스트가 아니다. 그는 주권을 지킬 정도의 힘만 있다면 아름다운 나라, 문화가 발달한 나라를 만들어야 한다고 역설하였다. 또한, 인류가 현재 불행한 근본 이유는 인의가 부족하고, 자비가 부족하고, 사랑이 부족하기 때문이라고도 하였다.

"나는 우리나라가 세계에서 가장 아름다운 나라가 되기를 원한다. 가장 부강한 나라가 되기를 원한다는 것은 아니다. 내가 남의 침략에 가슴이 아팠으니 내 나라가 남을 침략하는 것을 원치 않는다. 우리의 경제력은 우리의 생활을 풍족히 할만하고, 우리의 국력은 남의 침략을 막을 만하면 족하다. 오직 한없이 가지고 싶은 것은 높은 문화의 힘이다. 문화의 힘은 우리 자신을 행복하게 하고 나아가 남에게 행복을 주기 때문이다."

백범은 투쟁 일변도의 사람이 아니다. 시대가 그를 독립의 '투사'로 만들었다. 그는 언제나 생각의 다양성과 민주적인 의견 수렴을 존중하였다. 그 자신도 기독교에 입문하였고, 그게 인연이 되어 결혼하였다. 일제 경찰에 쫓길 때는 공주 마곡사에서 스님이 되기도 하였다. 상해임시정부에서 일할 때는 사회주의자들의 독단과 편협한 행동을 개탄하였다. 그 심정을 솔직하게 글로 피력했다.

"어느 한 학설을 표준으로 하여 국민의 사상을 속박하는 것은 어느 한 종교를 국교로 정하여서 국민의 신앙을 강제하는 것과 마찬가지로 옳지 아니한 일이다. 여러가지 나무가 어울려서 위대한 삼림이 아름다움을 이루고, 백 가지 꽃이 섞여 피어서 봄들의 풍성한 경치를 이루는 것이다. 우리가 세우는 나라에도 유교도 성하고, 불교도 예수교도 자유로 발달하고, 또 철학을 보더라도 인류의 위대한 사상이 다 들어와서 꽃이 되고 열매를 맺게 할 것이니, 이렇게 해야만 비로소 자유의 나라라 할 것이요, 이러한 자유의 나라에서만 인류의 가장 크고 가장 높은 문화가 발생할 것이다."

'민주주의는 오케스트라'라고 한 버트런드 러셀(1872~1970)의 언급과 같은 의미라고 할 수 있다. 다양성이 인정되고 조화를 이루어 상호 발전할 수 있는 토양이 민주 선진국이 되는 길임은 두말할 나위가 없다. 그는 요즘 식으로 말하면, 언론의 자유, 평등한 선거, 다수결의 원칙을 존중한 민주주의자이다.

　독재체제나 식민지와 같은 닫힌 사회에서 투쟁할 때 반드시 민주적인 행동만을 사용할 수는 없다. 박정희 정권 시절에 어느 사회학자가 그렇게 주장한 적이 있다. 그러나 우리는 열린 사회에 살고 있기에 민주적인 합의 과정이 있어야 하고, 이를 위해 양보와 인내를 요구하고 있다.

　오늘날 우리가 누리는 자유는 공짜로 얻어진 것이 아니다. 선열들이 일구어낸 피와 땀과 눈물의 결실이라는 사실을 잊어서는 안 된다. 민주주의와 국가 주권의 토양 위에서만 인간다운 삶이 가능하다. 정의와 자유는 수호할 의지가 있는 자에게만 주어지는 것이고, 그 책무는 국민 모두의 책임이고 의무이다.

이당 안병욱

　이당 안병욱 교수님의 10주기 추모식이 양구인문학박물관 '사색의 공원'에서 있었다. 흥사단 이사장을 비롯하여 평소 그를 추앙하던 흥사단의 많은 단우團友가 전국에서 참석하였다. 생전 안병욱 교수님과 갑장의 절친이며 철학과 문학의 동반자이고, 사후 이곳 양구에 나란히 안면할 계획인 김형석 원로 교수님도 참석하여 추모사를 하였다.

　안병욱 교수님은 1950년대부터 돌아가실 때까지 참된 용기와 올바른 삶의 길을 제시한 철학자이자 교육자였다. 1983년에 흥사단 공의회장, 1987년에 흥사단 이사장을 역임하였고, 1992년부터 '안중근의사기념사업회' 이사와 '도산 아카데미 연구원' 설립 대표를 맡았다. 평생 도산 선생님의 말씀을 따르고 전파한 흥사단 단우이자 우리 사회의 어른이셨다.

　오늘날 잊혀지고 있는 단어의 하나가 '어른'이 아닌가 생각한다. 얼마 전까지도 가정이나 집단에서 '어른'이라는 말을 썼다. "어른 말씀을 따르라!" "집안에 어른이 없어서 그래!" 이런 말을 자주 들어왔다. '어른'은 특정 조직을 넓고 높은 차원으로, 좋은 방향으로 이끌어 가는 우두머리이다. 일부 국가에서는 국왕을 '어른'의 상징으로 삼는다. 태국에서는 쿠데타를 일으킨 자가 국왕 앞에 무릎을 꿇고 있는 모습을 보인다.

사실 '어른'은 미주알고주알 잔소리하지 않았다. 아니다 싶으면 "어험!" 하고 크게 헛기침하면 아랫것들이 알아서 조용해진다. 그러하니 '어른'은 다분히 유교적이고 비민주적이며 수직적이다. 그런데도 누구나 할 얘기 다 하는 오늘의 민주 사회에서 그런 '어른'이 그리워지는 것은 웬일일까?

사회가 양극화되면서 더욱 시끄러워지고 있다. 제각기 내는 목소리, 그 여과 없는 감정 표출의 백가쟁명 때문이다. 한 사물을 놓고도 개인이나 집단이 극단적인 이견을 표출한다. 그들은 상대의 의견에 귀를 닫고 있다. 이들의 이견을 조정하고 여과하고 정제하는 중추적 중심이 없어 보인다. 정치가의 발언도 극적으로 표현해야만 자기주장이 먹혀들어 간다고 생각하고, 또 그렇게 함으로써 자신의 존재감을 확인하는 모양이다. 매스컴도 중심을 잃고 이를 부추기는 느낌이다.

이같이 우리 사회는 서로에 대한 이해와 배려가 부족하고, 자기주장이 난무하고 있다. 언론의 자유를 감사한 마음으로 소중하게 여기는 사람은 적다. 옳고 그름을 판단하는 신神이 "당신의 말과 행동에 책임지지 못한다면 당장 지옥으로 보내겠다"라고 한다면, 그래도 막무가내로 자기주장만 내세우며 상대를 공격하겠는가? 혹자는 자유로운 언사는 민주주의의 특권이라고 주장한다. 그러나 민주주의에서 언론의 자유는 진실하고 절제된 언어에서만 꽃피울 수 있다.

　　과연 우리 사회에 '어른'이 있는가? 나라의 어른이 많았다면, 안병욱 교수님의 말씀처럼 '중추 지도 세력'이 많아지는 건전한 사회가 된다. 민주주의 쟁취를 두고 온 사회가 혼란을 겪을 때 김수환 추기경님이 바른 말씀을 하시곤 하였다. 그 어른의 말씀에 여야 정치가도, 진보와 보수도 자중하며 귀를 기울였다.

　　우리 사회에 신중하고 중립적이며, 좀 멀리, 더 넓게 보는 어른이 많았으면 좋겠다. 옳고 그름을 구별하여 실천하는 집단이 많았으면 좋겠다. 도산 선생이 말씀하신, 거짓말하지 않는 사람, 정직한 단체와 사회가 그립다. 분노를 정의로 포장해서도 안 되고, 국민을 위한다는 논리를 만들어 이기적으로 당리당략의 목소리를 내서도 안 된다. 자유와 정의를 앞세우지만, 순수성을 잃은 '위장단체'가 난무하고 있어 안타깝다.

　　홍사단은 우리 사회에 어떤 역할을 해왔는가? 합리적 민주 사회를 만들기 위해 노력해 왔지만, 그 파급 효과는 만족스럽지 못하다. 민주 사회의 뿌리가 더 단단해지도록 부단히 노력하는 것이 홍사단의 역할이다. '어른' 같은 단체가 되어야 한다. 배가 안전하려면 배의 균형을 유지하는 평형수가 필요하다. 흥사단은 배의 평형수 같은 역할을 해야 한다.

역사를 되돌아보면, 우리끼리 싸우다가 외세의 공격에 대비 못 한 예가 너무도 많았다. 맹자께서도 "자기가 먼저 자기 나라를 망친 후에 남이 자기 나라를 망친다(國必自伐以後人伐之)"고 말씀하지 않았던가! 잊지 말아야 할 교훈이다. 최근 동북아에 불안감이 고조 되고 있다. 강대국의 패권주의도 부활하고 있다. 우리는 앞으로 어떻게 생존전략을 짜야 할까? 큰 숙제다.

박경리와 소설 『토지』

박경리의 소설 『토지』는 최 참판 댁을 중심으로 전개되는 가족사 이야기이다. 그러나 이 소설은 특정인의 가족사가 아니다. 우리의 아버지, 할아버지, 증조할아버지 시대에 겪을 수밖에 없었던 민중의 삶을 생생하게 복원한 민족사이다.

조선 왕조가 무너지기 시작한 개화기에 위정자들은 국제적 흐름에 민첩하게 대응하지 못했다. 나라의 운명은 바람 앞에 등불이었고, 사회는 혼란스러웠다. 백성들은 가난에 굶주렸고, 이어진 망국으로 일제의 혹독한 착취와 탄압을 받았다. 이리저리 수탈당하면서도 살기 위해 일제에 순응해야 했다. 『토지』는 그러한 역경에서도 숨만은 쉬어야 했던 백성들의 이야기이다. 그들은 '휘이 휘이' 억울하게 죽은 자의 넋이 곳곳에 스며 있는 이 서러운 땅에서 한 시대를 보내야만 했다.

우리는 어디서 왔고, 어디로 가고 있는가? 기둥 삼아 의지하고 비비며 살아야 할 것은 무엇인가? '꼭 살아남아야 한다'는 그 원초적 힘은 어디에서 나오는가? 『토지』는 끊임없이 질문을 던진다. 땅은 삶의 원초적 터전이다. 절망의 늪에서도 우리에게 희망을 주는 뿌리는 땅이다. 땅은 억만년 세월 동안 생명이 싹트고, 성장하고, 소멸해도 그 모태로 남을 것이다.

이 소설에는 수많은 이들이 등장하였다가 사라지고, 새로운 인물이 이어서 등장한다. 인물이 사라지고 사건이 변해도, 땅은 담담히 그 자리를 지키고 있다. 날아가는 새를 보아도 허탈하고, 흐르는 물을 보아도 허망했지만, 민중은 생존을 위해 바람 부는 대로, 물 흐르는 대로 흘러가야만 했다. 자연의 변화와 함께 유한한 생명도 꺼져갔다. 이웃 간의 작은 아귀다툼도, 시대를 잘못 만나 억울함을 짊어졌던 사람도, 부귀영화를 누리며 동족을 괴롭혔던 친일파도 세월 따라 모두 사라졌다. 그러나 민중의 혼은 뿌리에 남아 온갖 허무 속에서도 꿋꿋하게 자기 자리를 지키고 있다.

왜 그렇게 『토지』에 몰입하였을까? 소설 속에 등장하는 인물들의 삶이 나의 삶에까지 이어오고 있기 때문인지 모른다. 그렇다. 이 소설에서 나는 할아버지, 아버지의 얼이 내 영혼에까지 면면히 흐르고 있다고 느꼈다. 나는 소설 속의 어느 인물이 되어 그와 함께 오늘도 희로애락의 삶 속으로 빠져들고 있다. 1950년대에 태어나 1960년대에 어린 시절을 보낸 나는 어쩌면 『토지』의 대단원을 마감하는 8·15 광복부터 오늘날까지 연결된 기시감旣視感의 어떤 정신을 공유하고 있는 것이다.

　　우리 모두 인생이란 굴레 안에 속박되어 얽매이다가 떠나는 나그네일지 모른다. 도저히 벗어날 수 없는 질곡에서 그네를 타듯 반복하다가 사라지는 존재가 아닐까? 생명을 이어 나가는 것은 소중하다. 그리고 땅은 생명의 터전이다. 그 뿌리를 지키고 가꾸며 이어가야 한다.

시인 한하운

청소년 시절, 고향을 떠나 도시에서 자취하면서 우연히 한하운(본명 한태영) 시인의 자서전 『나의 슬픈 반생기』을 읽었다. 아무런 정보도 없이 심심해서 읽기 시작한 책이었는데, 그의 인생 역정이 얼마나 큰 감동을 주었는지 평생 머리에 머물러있다. 이 책은 한센병 환자로서 사회로부터 받았던 냉대, 하늘에 대한 원망, 버리지 못한 꿈과 사랑, 떠나버린 여인, 등지고 내려왔던 북녘 고향에 대한 그리움을 진솔하게 전하고 있었다.

그는 병이 퍼지기 전인 어릴 적에 송곳으로 찔러도 아프지 않은 피부 부위가 있었다고 했다. 성장하면서 도지기 시작한 이 피부병을 사람들은 '천형天刑'의 병이라고 했다. 환자가 발생하면 동네에서 내쫓으려고 했다. 그래서 남의 눈을 피해 숨어 살기에 전전긍긍하였다. 어릴 적 손님이 집에 오면 어머니는 자기를 다락방에 숨기느라 바빴다고 회고하고 있다.

성인이 되어서도 사회로부터 온갖 냉대와 멸시를 받았다. 특히 사랑하는 여인에게 다가가지 못하고 떠나보내야만 했던 작가의 심정을 구구절절 묘사했던 내용을 기억한다. 나는 한하운 시인의 자서전을 읽고 한센병에 대해 막연히 두려워한 적도 있었고, 그의 이루어질 수 없는 사랑을 나의 경험처럼 안타깝게 생각했다.

우리 사회에서는 한센병을 문둥병이라고 불렀다. 문둥병 환자를 멸시하고 소외시켰다. 참으로 천박한 사회였다. 내 어릴 때 어른들은 보리 철에는 '문둥이가 나오니 보리밭에 가지 말라'고 했다. '보리 문둥이'라는 말은 한센병 환자가 보리밭에 숨어있다가 지나가는 어린애의 간을 꺼내 먹는데, 그게 치료가 된다는 가짜 뉴스가 있었기 때문이란다.

최근 〈월간 시인〉이라는 잡지에서 「'한하운 시집 - 보리피리'에 대해 : 베스트셀러 시집의 비밀」이라는 특집기사를 읽었다.

한하운은 1920년 함경남도 함흥에서 지주의 아들로 태어났다. 집안이 부농인 데다가 머리가 영특하여 이리농림학교와 북경농학원을 다녔다. 학교를 졸업한 후 직장생활을 하다가 1948년에 월남하였다. 남한에 내려와서는 병으로 온몸과 얼굴이 더 일그러져 사회로부터 냉대와 소외를 당하며 살아야 했다. 그는 그럴수록 슬픈 현실을 위로받기 위해 끊임없이 시를 썼다.

그가 쓴 〈개구리〉라는 시가 훗날 어느 일간지에 소개된 적이 있었다. 그는 개구리 울음소리를 아래와 같은 언어로 표현했다.

가갸 거겨
고교 구규
그기 가.

라랴 러려
로료 루류
르리 라.

개구리 소리를 이렇게 표현하다니, 나에게는 감동 그 자체였다. 그는 귀로 소리를 듣고 글로 표현하는 천재였다. 나도 어릴 때부터 봄날에는 개구리 울음소리를 들으며 자랐다. 깜깜한 시골의 밤에 개구리 우는 소리는 동네 전체를 시끄럽게 했다. 나는 그 소리를 한글로 표현할 수 없었다. 그래서 더욱 그의 언어 표현에 놀라지 않을 수 없었고, 그 때문에 계속 그를 기억하게 되었는지 모른다.

한하운이 시인으로 알려지기 시작한 것은, 그의 시집이 출간되어 많은 독자에게 공감을 주었기 때문이다. 1950년대 말의 사회 분위기에서 출간 작업은 쉽지 않았다. 공안 당국은 그의 시를 트집 잡아 공산주의자인지 조사하였다. 다행히 누명은 벗었지만, 공산주의 성향의 문구가 있다고 하여 몇몇 시를 삭제하도록 강요했다. 그래서 시 17편만을 허락받아 시집 『보리피리』를 발간할 수 있었다.

1950~60년대에 농촌에서 어린 시절을 보낸 사람이라면 봄철에 버들피리나 보리피리에 대한 추억이 있을 것이다. 보리는

동토에서도 살아남아 이른 봄부터 들판을 푸르게 하고, 보릿고개의 굶주림을 구원해 주는 첫 식량이었다. 보리는 고향의 서정적 분위기를 담은 작물이자 지난날들에 대한 그리움의 상징이다. 한하운은 시집의 표제 시 〈보리피리〉에서 사무친 고독과 그리움을 그리고 있다.

보리피리 불며
봄 언덕
고향 그리워
피-ㄹ 닐니리.

보리피리 불며
인환人寰의 거리
인간사 그리워
피-ㄹ 닐니리.

그는 이 땅에 육체적으로나 정신적으로 발붙일 곳이 없었다. 벗어날 수 없는 틀 안에서 저항하고 감수하면서 질긴 목숨을 이어갈 수밖에 없었다. 그는 자유롭게 살고 싶었다. 하늘을 나는 파랑새가 되고 싶고, 구름이 되고 싶었다. 언제나 날아오르다 쉽게 사라지는 구름이 되고 싶어서 호를 하운何雲이라 했다.

썩은 육체 언저리에

네 힒과 균과 비悲와 애哀와 애愛를 엮어

뗏목처럼 창공으로 흘러 보고파진다.

아 구름 되고파

바람이 되고파

세월이 흘렀어도 그에 대한 연민은 아직 내 가슴에 남아있다. 생전에 겪었던 그의 아픔과 소외감을 위로해 드리고 싶다. 나아가 한센병 환자에 대한 편견에 대해서도 지적하고 싶다. 한센병은 쉽게 전염되지 않고, 오늘날에는 의학의 발달로 사회생활에 전혀 문제가 되지 않는다고 한다. 당시도 사람끼리의 전염에 큰 문제가 없었던 것으로 보였다.

두 번째는 이념 문제다. 함흥 학생운동에 환자라서 참여할 수 없었던 자신의 처지를 토로한 〈데모〉라는 시를 보고 당국은 공산주의자라고 의심했다.

한센병 환자가 모여 사는 곳, 치료 개념보다는 사회적 격리를 위한, 감옥과도 같았던 소록도로 가는 길은 너무나 외롭고 처량했다. 그 땅은 농사도 되지 않고, 비가 오면 진흙이 진득하게 붙어 발걸음이 떼어지지 않는 길이었다. 그 심정을 '소록도 가는 황톳길'로 그렸다. 우습게도 이 시 〈황톳길〉이 붉은색 공산주의를 상징한다고 해서 시집에서 제외되었다고 한다. 시인의 순수한 시상에 이념의 올가미를 씌운 것이다. 나라와 사회가 합작하여 그의 슬픈 삶을 더 비틀어버린 것이다.

이제 한하운의 생애도 잘 알려져 있고, 그의 시를 좋아하는 독자층도 많다. 김포에 있는 그의 묘소도 잘 정비되어 있고, 2000년 대의 중학교 2학년 국어 교과서에 〈나의 슬픈 반생기〉가 수록되었 다고 한다.

한하운 시인이시여, 하늘에서나마 세상에서 받았던 모든 냉 대와 차별 잊으시고 편안하게 지내시길 바랍니다.

5

나를 **돌아**보게 하는 **기**행

겨울 산

농촌 마을을 가로질러 산으로 향하니 어릴 적 시골에서 맡았던 볏짚 냄새가 물씬 풍긴다. 부엌에서 나는 군불 냄새인가? 동심으로 안내해 주는 고향 냄새 같다.

차가운 날씨에도 불구하고 땀의 대가로 정신은 맑아진다. 일상의 잡념을 훨훨 털어버리지만, 새로운 상념이 빈자리를 메꾼다. 쉽게 비우지 못하는 것을 보면 끊을 수 없는 연緣인가 보다. 오르면 내려가야 하는 것처럼, 비우는 것과 채우는 것이 단절되지 못하고 질긴 고리처럼 연결되어 있다.

산을 오르면 눈에 보이지 않는 미물부터 하늘의 질서까지 경외하지 않을 수 없다. 자연과 생명이 함께하고 우주까지 하나가 된다. 기묘한 질서 속에 인간은 조그마한 행성에서 한 조각 구름처럼 왔다가 사라진다. 내 의지와 상관없이 던져진 삶이지만, 현재 이 세상에 서 있다는 것이 존재의 확인이고 생명이며 우주이다.

내가 지금 인식하는 영혼은 소우주이지만, 영원불멸의 대우주가 있다. 내 영혼이 소우주에 포함된 자아自我로 향할수록, 집착할수록 고독해진다. 이 몸이 사라지면 소우주도 사라지기 때문이다.

성현의 말씀처럼 소우주에서 탈피하여 대우주로 눈을 돌려보자. 대우주는 신이 만든 실재實在이다. 훗날 내가 백골에서 티끌과 흙이 되어 사라지더라도, 대우주 속에서는 영원히 존재하고 있을 것이다. 그렇게 생각해야 더 행복해질 수 있을 것 같다.

오세암의 밤

심산계곡 위에 연꽃 모양으로 자리 잡은
고공 양지바른 곳에
오세암五歲庵이 살포시 앉아 있다.

거대한 암석이 뒤에서 위엄을 과시하고
앞으로는 햇살이 몰려오는 가야동 계곡이 눈에 잡힐 듯하다.
메아리도 쉬어가고 싶은 겹겹이 가로막는 산맥 사이에
용아장성龍牙長城이 기를 품고
그 주변에는 대청봉과 서북 능선이 얼싸안고 있다.

북소리는 범부凡夫의 가슴 속으로 퍼지고
오늘 밤 부처님께 신세를 지는
몇 명의 나그네 마음은 숙연하다.

부처님은 어디 계시는가요?
부처님은 만경대 위에서 미소를 지으며
나그네의 마음속까지 찾아오셨네.

스님의 목탁과 염불 소리,
천수경千手經 읊조리듯
소리가 골골이 퍼진다.
어리석은 중생衆生은
임의 큰사랑을 모르지만
부끄러운 마음에 큰절을 올린다.

잠시라도 나를 잊기 위해
잠시라도 나를 버리기 위해
잠시라도 부처님께 다가가고 싶어….

오세암의 밤하늘엔
별들이 무수히 쏟아지고 있다.
부처님의 미소는 별이 되어 하늘로 올랐다.

알 수 없는 그리움에 젖고
너무나 감사하여 울어버릴 것 같은 밤

삶과 죽음, 존재와 무, 영겁과 찰나가 혼재된

혼란스러운 밤

별 때문에 고독한 밤

곡차에 취한 밤

벗이 있어 더욱 즐거운 밤

슬프도록 아름다운 밤

불면이 행복한 밤

오세암의 밤

금병산

금병산錦屛山은 춘천의 남쪽에 병풍처럼 서 있다. 화병의 목처럼 능선 상부에 가파른 부분도 있으나 대체로 등산하기에 좋은 완만한 지형을 이루고 있다. 항상 해가 남녘에 가까이 떠 있어 따뜻한 느낌을 주는 산이다.

금병산은 산책하듯 훌쩍 집을 나설 만큼 춘천에서 가까운 곳에 있어 좋다. 정상은 652m. 땀을 적당히 흘리면서 유산소 운동을 하기에 더할 나위 없이 좋다. 시내에서 더 가까운 안마산이나 국사봉도 있지만, 그곳은 도시 속에 묻혀있어 많은 사람과 스쳐 가며 올라야 하고, 거리도 짧아 운동량이 부족하다.

금병산 등산로 중에 내가 즐겨 이용하는 길은 실레마을에서 출발하는 코스이다. 지형이 떡시루 같다고 하여 실레마을이다. '김유정 기차역'이 있는 그곳에서 시작한다. 마을 동남쪽에 솟아있는 금병산은 양쪽으로 길게 늘어진 능선 사이로 골짜기를 이루고,

두 능선이 만나는 지점에 정상이 있다.

초입의 골짜기에 들어서면 적막한 분위기에 압도당한다. 너무나 조용하여 알 수 없는 두려움도 일지만, 대신 자연의 소리를 들을 수 있다. 이른 봄에는 얼음 아래 속삭이듯 졸졸거리는 물소리를 들을 수 있고, 봄에는 만물이 아우성치는 생명의 소리를 들을 수 있다. 여름에는 울창한 수목이 하늘을 가려 시원한 냉기를 만날 수 있다. 가을에는 나뭇잎이 잔잔히 떨어지는 소리를 들을 수 있고, 겨울에는 멀리서 윙윙 들려오는 바람 소리를 듣거나, 눈 오는 날 토끼들이 뛰어다니는 소리가 들리는 듯하다.

이곳은 항상 물과 습기로 가득하다. 아무리 가물어도 토양이 축축하여 다습한 공기를 마실 수 있다. 골짜기에서 물기를 빨아들여 산딸기와 오디 같은 열매가 맺히고, 비옥한 흙에 각종 야생 초목이 무성하다. 그야말로 생명의 보금자리다.

금병산은 거기를 오르는 자를 언제나 편안하게 해준다. 실레마을은 길이 널찍하고 주차할 공간도 충분하다. 주차비나 등산 입장료도 없다. 근래에 '김유정 기념관'이 건립되었지만, 그렇게 북적대지 않는다. 주변은 전형적인 농촌 마을이고, 문화예술의 집, 멋진 카페가 점점이 박혀 있다.

교통편이 좋은 곳이지만, 붐비지 않는 산이다. 서울 사람들은 강촌의 검봉산과 봉화산 산행을 더 좋아하는 것 같다. 그래서 금병산은 더 고적하여 자연과 더 가까이 갈 수 있고, 더 많이 대화를

나눌 수 있다.

금병산은 산세가 완만하며 돌이 없는 흙산이기 때문에 오르내리기에 부담이 적다. 오르내릴 때 무릎 충격이 없으며, 많은 힘이 요구되지도 않는다. 토끼보다는 거북이같이 오르는 데 제격이다. 위험한 곳이 없으므로 사시사철 언제든지 산행할 수 있다. 비가 내리는 날도 주저할 필요가 없다. 나는 흰 눈이 펑펑 쏟아지는 겨울에도 금병산을 오른다. 그곳에 오면 깨끗한 백설을 만날 수 있어서다.

금병산에는 여러 갈래의 등산로가 있어 지루하지 않다. 옛사람들이 삼포에서 춘천으로 넘나들었던 산길이 있고, 동네 총각과 처녀들이 만들어 놓은 것 같은 오솔길도 있다. 어느 길로 올라 하산하든지 풋풋한 전원 풍경의 농촌 마을로 연결된다.

계곡 코스로 오르면, 여름철 우거진 수목 사이로 시원한 물소리를 들을 수 있고, 겨울에는 햇볕이 그곳까지 들어와 아늑한 분위기에서 비탈의 앙상한 겨울 숲을 감상할 수 있다. 골짜기 왼쪽 능선으로 오르면 춘천분지가 한눈에 들어오고, 오른쪽 능선을 택하면 장관의 침엽수 숲을 만나게 된다. 어느 코스를 택하더라도 계절에 따른 아름다움을 감상할 수 있다.

금병산은 전국적으로 알려진 명산은 아니지만, 오를수록 매력을 더해준다. 먹을수록 진미를 느끼는 춘천 막국수의 맛과 같다. 계절에 따라 잔잔한 감동을 주되, 화려하지 않은 소박한 맛을 준다. 죽마고우의 깊은 우정 같고, 오래 산 부부의 이심전심 같은 느낌이라고 할까.

　　내가 금병산을 좋아하는 또 다른 이유는 '김유정'을 만날 수 있기 때문이다. 젊은 날에 그 화사한 꿈을 접을 수밖에 없었던, 그래서 슬프게 살다 간 김유정이다. 병마가 그의 목숨을 빨리 앗아 갔지만, 그의 문학은 오래도록 우리 곁에 남아있다.

　　봄날 '금병의숙' 터를 지나 금병산에 오르면 생강나무 꽃이 군데군데 노랗게 피어있다. 동백을 보고는 김유정의 소설에 나오는 투박하고 엉큼한 점순이를 생각한다. 금병산과 실레마을은 서민의 삶이 가지런히 녹아 있는 김유정 소설의 배경이다. 지금도 일제 강점기 하 서민들의 쿡쿡한 땀 냄새, 흙냄새가 배어있는 듯하다.

　　김유정의 향토색 짙은 토착어가 살아 숨 쉬는 곳, 그 문학의 주요 산실인 금병산을 오르내리는 것이 어찌 특별한 즐거움이 아닐 수 있으랴!

공지천

코끝 시린 공기를 마시며
겨울밤에 공지천으로 간다.

별빛과 네온사인이 가득하고
레스토랑에서 나오는 음악 소리와
호수 수면에 잔잔한 물결이 어울리고 있다.

'호수의 집'이 있었던 구름다리는
시간의 흐름을 망각한 채
아직도 화사함을 꿈꾸는 노부인처럼
지난날의 사랑을 간직하며 버티고 있다.

기억 속의 형상이 투영되고

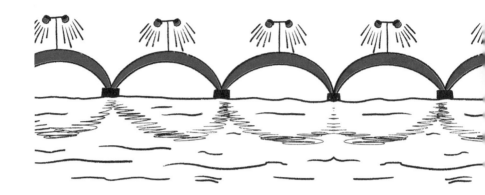

현실과 빛바랜 시간이 혼재된
예전 그 벤치에서 대화하고 있다.

공지천은 빛과 어두움, 소리와 적막함이 공존하고 있다.
레스토랑 구역을 벗어나면 자연의 속삭임이 들려온다.
세월을 타고 쉼 없이 몰려온 찰랑거리는 물결 소리
어둠 속을 뚫고 멀리서 들려오는 부엉이 소리
앙상한 나뭇가지가 흔들리는 바람 소리
빈 벤치 아래에서 구르는 낙엽 소리

공지천은 나의 젊음이 머물던 곳
방황했던 만큼 우리를 사랑하게 만들었던 곳

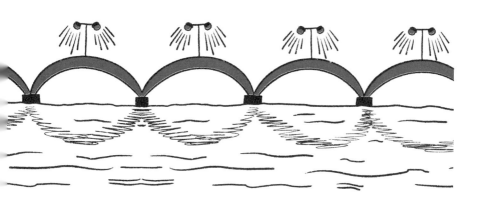

마음의 허기를 채워 격려해 줬던 곳
떠나버린 그 무엇도 낭만으로 용서해 줬던 곳
항상 그 무엇이 있을 것 같은 곳

호숫가의 앙상한 나뭇가지는 맹추위를 탓하지 않는다.
세월에 대한 순응의 힘을 알기 때문이다.
난 유수처럼 흘러가고 있는 시간 앞에서
중년으로서 담담한 마음으로
겨울의 공지천을 만나고 있다.

오랫동안 간직하고픈 소중했던 추억을 위해
내가 여기에 있다는 실존의 행복을 위해

마적산

아내의 "왜 산에 혼자 가느냐?"라는 불평에는 "왜 주말에 집에 있지 못하고 역마살이 붙어 돌아다니느냐?"라는 투정이 숨어 있다. 떠나는 그 마음을 나도 모른다고 대답했다. 그게 전부이고, 또 사실이다. 산이 거기에 있고, 내 마음이 그곳에 있어 가는 것이다.

주말에 집을 떠나는 남편을 위해 정성껏 음식을 싸줄 것을 기대하는 것은 무리다. 밥상에 먹다 남은 음식 나부랭이들…. 찐 옥수수와 고구마, 방울토마토 댓 개, 사과 몇 조각, 블랙커피를 주섬주섬 배낭에 쑤셔 넣고 길을 나선다. 투정 반, 무관심 반, 포기 반 상태인 아내가 그래도 현관 앞까지 나와 주는 것만으로도 고맙다.

'그래, 마누라 때문에 중년을 이렇게 견디는 거야.'

굳이 홀로 산행하는 이유를 대라면 지나가는 가을을 놓치고 싶지 않기 때문이다. 이 가을이, 이 세월이 나를 기다려 주지 않는다. 또 누구도 내 산행의 즐거움을 대신해 주지 않는다. 중년 남자

일수록 가능하면 아내의 품(?)에서 벗어날 줄 알아야 정년 후 진정한 자아를 찾을 수 있다고 어느 '인생 조언자'가 말했다.

춘천은 겹겹이 산으로 둘러싸여 있는 분지다. 관능적인 자태를 뽐내는 것 같은 젊은 기운의 산이 있고, 언덕같이 무덤덤한 산도 있다. 삼악산의 뾰족한 봉우리는 젊은 산을 연상시킨다. 나는 포근한 느낌을 주는 산, 여유가 있는 푹신한 산에 매력이 끌린다. 울창한 숲이 있고, 가능한 한 돌이 적은 흙산이면서도 급경사가 없어야 한다. 한가하면서 산행 시간이 3시간 전후이면 좋다. 올랐던 길로 다시 내려가지 않는 하산 코스가 있으면 더 좋다. 역사나 문학이 깃들어 숨 쉬고 있으면 금상첨화다.

오늘은 마적산馬蹟山을 찾았다. 말의 자취가 있다는 뜻인가? 인터넷을 찾아보니 아마추어가 쓴 것 같은 글이 있지만 신통치 않다. 춘천에는 워낙 알려진 산이 많기 때문인지 별다른 주목을 받지 못하는가 보다. 시민들은 '춘천공원묘원'이 있는 산으로 많이 기억할 것이다.

마적산의 특징은 소나무가 많다는 것이다. 대부분 뒤틀리고 구부러진 소나무들인데, 사람 손이 닿지 않은 산비탈에서 오랜 풍파에 시달리며 자란 것들이다. 인간에게 사랑받는 금강소나무나 해송도 아니고, 정원수로 인기 있는 반송도 아니다. 그야말로 구부러진 소나무가 산을 지키고 있다.

소나무가 늘 푸른 비결은 무엇일까? 푸르다는 것은 살아있다는 의미이다. 이 세상 생명체는 살기 위해 필연적으로 타자를 죽여야 한다. 소나무에 피톤치드phytoncide가 많은 것은 신이 나무를 보호하기 위해 살균력을 부여해 준 것이다. 피톤치드는 소나무의 생명을 위협하는 각종 미생물을 죽인다. 피톤치드는 기온이 높을수록 더 많이 방출된다고 한다. 벌집에 프로폴리스propolis가 있듯이.

마적산도 삶과 죽음이 순환하고 있다. 인간을 포함하여 지구상의 뭇 생명체들이 겪는 숙명적 현상이다. 탄생과 소멸이 순환하면서 적자만이 생존하고 있다. 인간도 예외가 아니다. 우리가 먹는 음식이란 살기 위해 다른 생명체를 죽여 얻은 유기체이다. 식품의 원료가 되는 동물이든 식물이든 다 살해된다. 동물은 희생犧生이라고 부른다. 인간도 죽어 흙으로 돌아가면 미생물의 영양분이 된다. 티베트의 어느 곳에서는 새들의 먹이가 되기도 한다. 피할 수 없는 생명체들의 운명이다.

마적산을 오르며 활엽수 이파리들이 땅에 떨어지는 광경을 본다. 마른 솔잎이든 낙엽이든 떨어지는 것은 생명체의 종말이다. 늙어간다는 것을 열매를 맺는 것으로 이해하자. 씨앗이라는 생명이 후대로 이어지고, DNA 유전자로 남아 전수된다. 생명의 씨가 진화하는 데는 적지 않은 시간이 필요하다. 시간은 신이 만들었지만, 인간은 이를 사용하기 편리하도록 그 단위를 만들었다.

공룡은 2억 3천 500만 년 전에 출현하여 6천 600만 년 전에 멸종되었다. 인간은 아주 최근에 출현했다. 유인원을 기준으로 보면 300만 년 전, 호모사피엔스로 보면 고작 40만 년 전에 지구상에 출현하였다. 시간과 공간을 접을 수 있는 특별한 기술이 있다면 몇억 광년의 시공을 여행하여 우주와 생명의 비밀을 풀 수 있을 것이다.

혼자 산행을 하면 자기만의 속도로 오를 수 있고, 자유롭게 자연에 푹 빠질 수 있다. 자신만의 해방구인 셈이다. 힘들면 천천히 가거나 언제든지 쉬어가고, 배고프면 아무 곳에서나 펼쳐놓고 먹으면 그만이다. 가을 풍경에 샘물처럼 솟아나는 상념을 덧칠한다. 덮어버리고 또 그린다. 시간과 공간을 뛰어넘기도 하고, 어느 곳에 머무르기도 한다.

상념이 우주에서 나에게로 좁혀진다. 나를 떨쳐버리지 못하는 보통 사람이기 때문이리라. 인생이란 주역과 보조자가 되어 희로애락과 생로병사를 경험하는 연극배우와 같다. 나는 어쩔 수 없이 그 주인공이 된다.

언젠가 극이 끝나는 날 "왜 인생을 좀 더 유머러스하게 살지 못했을까"라고 후회하지 않기 위해, 또 별것도 아닌 일에 그토록 흥분하고 집착하였는지 후회하지 않기 위해, 허망한 열정에 몸과 마음을 상하게 했던 것을 후회하지 않기 위해 주인공으로서 능란하게 연기를 해야겠다고 다짐한다.

정상으로 올라왔던 길과 다른 강원대 농목장 방향으로 하산 코스를 택했다. 인적이 없는 골짜기에서 작은 물줄기 흐르는 소리만 간간이 들린다. 감사하고 행복하다. 행복이란 보고 느끼는 자만이 누리는 것이다. 고요하기에 상념이 많아지는 마적산이다.

남한산성

　처음으로 남한산성을 찾은 것은, 1973년 봄이었다. 성남 사는 친구 집에 놀러 갔다가 산성이 근처에 있어 그와 함께 오르게 된 것이다. 남한산성은 병자호란 때의 현장이다. 인조 임금이 청나라의 침략을 받아 강화도로 가다가 청군에 막혀 피한 곳이 남한산성이다.

　비지땀을 흘리며 올라가 처음 닿은 곳은 남문南門이었다. 산 정상에 있어서인지 성문 누각이 우뚝 앞을 가로막고 있다는 느낌이었다. 성벽은 세월의 흐름을 말해주듯 빛이 바랬고, 이끼도 끼어 있었다.

　남문을 지나 좌측 성벽을 따라 올라가면 가장 높은 곳에 서장대西將臺가 있다. 수어장대守禦將臺라고도 불리는 여기에 올라서면 한강이 한눈에 들어오고, 아스라이 서울 도심도 보인다. 병자호란 당시 조선군의 지휘소였던 곳이다. 서장대에서 내려다보이는, 1970년대 초까지만 해도 농사를 지었던 거여뜰, 마천뜰엔 지금은 아파트가 꽉 들어차 있다.

서장대에서 내려왔다. 인조가 청나라 황제의 발밑에서 3번 절하고 9번 머리를 조아리며 항복했던 현장, 그 굴욕의 역사를 후세에 전하고 있는 삼전도비를 보고 싶었다. 우리가 내려가는 길이 인조가 청 황제에게 항복하러 간 그 길인지는 알 수 없으나 산성 아래 들판을 한참 걸었던 기억이 난다. 당시 삼전도비 주변은 택지 개발을 위해 한창 구획정리를 하고 있었다.

드디어 허허벌판에 홀로 선 삼전도비에 도착하였다. 이긴 자가 승리를 기리기 위해 세운 비석이었지만, 당시는 황량하고 초라하게 보였다. 비문은 한자로 적혀 있어 무슨 뜻인지 알 수 없었다.

그때 친구와 함께 남한산성을 오른 기억은 희미해졌지만, 이후에도 남한산성을 여러 번 다녀온 기억은 지금도 남아있다. 어느 해인가는 흥사단 강원지부가 주관하여 서울 거주 동문들과 함께 탐방한 적도 있다. 몇 년 전에도 업무로 성남에 갔다가 시간이 남아 홀로 산성을 찾아간 적이 있었다. 전날 눈이 내려 길이 미끄럽고 바람도 세찼다. 남문에서 서장대까지 다녀오려면 한 시간 가까이 걸린 것으로 기억되는데, 추운 날씨 때문인지 인적이 없었다.

신들린 사람처럼 아무 생각 없이 정상으로 향했다. 찬바람이 살갗을 때리는 서장대는 한기가 가득했지만, 사방이 트여있어서 기분이 후련하였다. 병자호란 때는 조선군 지휘소로 수어사(군장) 이시백이 책임자로 있었다고 한다.

남한산성은 인조 2년(1624)에 쌓은 성으로 적이 침공할 때 왕의 임시 피난처로 활용하기 위해 축조되었다고 한다. 그래서 남한산성에는 왕의 거처인 행궁도 있다. 인조 14년(1636) 청나라가 쳐들어왔을 때 인조는 12월 15일에 산성에 들어와 이듬해 1월 30일 오전까지 46일간 항전했다. 결사 항쟁은 아니었지만, 민족적 비극이 벌어진 곳이다.

　　동서남북에 문이 하나씩 있는 산성에는 임금이 머무는 행궁 외에도 온조 사당, 연병관, 영고, 종각, 개원사, 망월사, 인화관, 지수당, 별창이 있었고, 그 밖에 지방관아, 대장간, 술도가, 포도청, 사형장, 장터, 우시장, 방앗간, 활터, 서낭당, 굿당, 빙고 등이 갖추어져 비상시에 자족할 수 있도록 했다고 한다.

　　남한산성을 올라가면 누구나 서글픈 감정에 사로잡힌다. 병자년 청나라 군대가 산성을 포위하여 압박해 왔을 그 절망의 상황을 떠올릴 수밖에 없다. 좁은 공간 안에서 제각기 살고자 했던 이들의 운명도 그렇거니와, 절체절명의 민족적 위기를 극복하려는 과정에서 일어난 대립과 갈등이다.

　　임금의 고뇌, 신하들의 우국충정과 병사들의 죽음에 대한 두려움을 어떻게 받아들여야 했을까? 나라를 위해 죽음으로 맞서야 한다는 의식, 현실적으로 살아남아야 한다는 실리가 충돌했을 것이다.

　　김훈은 소설 『남한산성』을 펴냈다. 소설적 상상력을 가미한 이 책은 실리를 찾아 살아남아야 한다는 최명길과 오랑캐에게 굴복하지 않고 끝까지 버텨야 한다는 김상헌, 대립하는 두 인물과 중간적 처지에 있는, 군사를 총괄하는 김류를 주요 등장인물로 설정했다.

인조는 신하들의 갑론을박에 침묵할 수밖에 없었다. 결코, 싸움의 상대가 될 수 없었던 전쟁, 결말이 어떻게 날 것인지는 누구나 알 수 있었던 암울한 상황이었다. 명분과 애국 충절로 울부짖는 충신, 길을 열어야 살 수 있다고 맞선 현실파 신하들 간의 갈등이었다.

인조는 살기를 원했다. 임금이 성문을 열고 스스로 항복하려고 결정한 날, 김상헌은 목매어 자살을 시도하지만 실패하였다. 다시 깨어난 김상헌은 미음을 한 수저 입에 넣으며 이렇게 말한다.

"어차피 죽을 목숨이지만, 며칠 더 목숨을 연장하여 내가 남한산성에 남아있으면서 조선을 위해 감당해야 할 몫이 남아있다."

삼전도에 머물고 있었던 청나라 황제는 조선 왕이 항복하기 전에 자기에게 저항한 조선 신하를 포박시켜 먼저 보내라는 명령했다. 교리 윤집과 부교리 오달제는 자원하여 죽음의 길을 택했다. 그들은 30대 초반과 20대 후반의 젊은이였다. 인조는 그들을 청군에게 넘기기 전에 눈물을 흘리며 술잔을 건넸다.

소설 『남한산성』은 46일 동안 산성 안에서 일어난 상황을 담담하게 서술하고 있다. 그러나 소설에서 전개된 내용은 실제보다 덜 충격적이었는지 모른다. 글로 표현하는 한계 때문일 것이다. 또, 소설이 산성 안의 문제만 다루었기 때문에 청나라의 조선 침략에 대해 작가는 극도로 언급을 자제하고 있다.

병자호란과 관련하여 남한산성을 떠올리면 뭔가 써늘한 여운이 머리에 남는다. 윤집, 오달제의 운명에 대해 나는 모른다. 척화파 김상헌은 청군이 물러간 그 이듬해에, 주화파 최명길과 같이 선양에 끌려갔다고 한다. 그들의 운명을 떠나 절망적 상황에서 왕조를 지키고자 했던 당대인의 서로 다른 고뇌를 생각한다. 그 이후의 우리 역사에 대해서는 할 말이 없다. 효종이 북벌로써 그 원한을 씻으려 하였다고 교과서는 짧게 전하고 있을 뿐이다.

이렇게 해서 만주의 여진족은 후금을 세웠고, 그들은 후금에서 청나라로 국호를 변경한 다음에 조선을 굴복시키고 명나라를 멸망시켰다. 한족이 아닌 만주의 여진족이 중원의 주인이 된 것이다. 병자호란 이후 백두산 일대는 여진족, 곧 청나라의 발상지라 하여 봉금封禁 지역으로 묶이게 된다.

나라의 환란이 닥칠 때마다 언제나 선택의 문제가 강요된다. 정의롭게 죽느냐 비굴하게 사느냐, 명분이냐 실리냐, 원칙이냐 효율이냐, 옳은 길이냐 지름길이냐 등이다. 후세 사람들은 그런 선택을 모두 미화하거나 이해하려고 한다. 무엇보다 중요한 것은 목숨 자체였다고, 인간 삶 자체에 초점을 맞추려고 한다.

왜 이런 일들이 반복해서 일어나는지, 교훈은 문학을 통해서는 쉽게 정리되지 않는 것 같다. 평범한 일상 속에 파묻혀 살다 보면 역사가 주는 경각심을 쉽게 잊어버리게 된다. 모두가 역사학자가 될 수는 없지만, 적극적으로 역사에 관심을 가지는 것은 필요하다. 소설 『남한산성』가 그런 메시지로 전달되길 바란다.

울릉도

    망망대해를 가로지르다가 갑자기 우뚝 가로막는 큰 섬을 만났다. 갈매기가 먼저 맞아주는 울릉도! 거기에 있어 줘서 반갑고, 거기를 지켜 줘서 고맙다. 울릉도는 푸른 산과 푸른 하늘, 푸른 바다가 아우러져 있다. 어디가 하늘이고, 어디가 바다인지 모를 희미한 원형의 수평선 위로 우주가 하나 떠올라 있다. 비가 오나 바람 부나 걱정스레 독도를 보살피는 엄마 섬 울릉도!

    울창한 삼림과 깎아 지른 절벽, 청잣빛으로 뿌려놓다가 부서지는 흰 파도, 자연의 속살 냄새로 유혹하는 바다가 싱그럽다. 용암이 해안가 절벽을 타고 흘러내려 부끄러운 듯 음습한 동굴을 만들었다. 물속에서 솟아올라 코끼리와 사자바위도 만들고, 선녀바위를 만들었다.

    작열하는 태양은 우리의 동반자다. 여치 우는 소리, 매미 비벼대는 소리 들으며 냉풍 계곡을 지나 땀방울로 목욕하며 성인봉 정상에 올랐다. 여기를 봐도, 저기를 봐도 가파른 산과 깊은 골짜기뿐이다.

　한 사람 누울 몇 평의 보금자리가 아쉬운 울릉도. 그러나 골짜기 산속을 끌어안듯 형성된 귀중한 평원도 있으니, 그 반가운 나리분지다. 사막에서 오아시스를 만난 것처럼, 신을 향한 감사함과 조상을 위한 경외함이 솟구친다.

　서너 채 민가와 너와집이 평온하게 앉아 있다. 여기라고 삶의 역경이 없었으랴! 오래전 정착민들의 땀이 군데군데 배어있는 곳이다. 경사 급한 산비탈에 밭을 일구어 감자와 옥수수 심고, 너도 밤나무 아래에서 혹서를 잠시 피했을 그들!

　사람들은 망망대해 앞에서 기다림과 헤어짐을 가슴에 묻고, 한없이 먹고 싶었던 이밥을, 육지를 향한 그리움을 꿈꾸었으리라. 그리고 파도 소리 벗 삼아 노래를 부르다가 외롭게 삶을 마쳤으리라. 오늘도 울릉도는 보존과 개발 사이에서 갈등하고 몸살을 앓으면서도 그 자리에 우뚝 서 있다.

영남 기행 단상

경주

10월 말 늦은 오후
황금빛을 칠한 고도古都는 아쉬운 햇살로 가득하다.
마지막 온기 때문에 누런 들판은 애달프고,
다가오는 긴 그림자 때문에 생명은 더욱 소중하다.

계곡의 어두움이 짙어만 가고, 석양은 무겁다.
저항할 수 없이 흘러가는 시간의 모퉁이에서 신라인의 숨결을
듣는다.

들판을 넘어 동해를 줄달음친 빛이여!
형형색색 옷을 입고 하늘로 달려가는 햇살이여!
하늘과 바다가 하나의 빛이 된다.

시공時空 속에 살아있다는 벅찬 기쁨과

언젠가 신라인처럼 될 나의 운명이 빛이 되어 흐른다.

팔공산 갓바위

새벽녘임에도 갓바위로 가는 길은 부산했다. 경상도 사투리가 진하게 배어있는 중년의 목소리가 가득했다. 사람들은 자녀의 입시를 위해, 때로는 소박한 행복을 위해 크고 작은 소망을 가슴에 안고 오르고 있다.

모든 산행이 그렇듯, 절벽 계단의 오름길은 힘든 인생길로 비유된다. 각자 무거운 마음의 짐을 내려놓기 위해 육신의 고통을 감수하고 있다. 벗어나기 위해 또 다른 자신을 가두는 중세 수도사의 역설적 심정처럼 보였다.

갓바위 정상에는 백배, 천배하는 중생들의 간절한 소망이 쌓이고 있다. 업보 때문에, 미래의 운명 때문에 몸과 마음을 낮추고 있다. 갓바위 부처님 앞에는 희망과 절망, 삶과 죽음이 서려 있다. 우리 모두 그곳에 있었다.

하회 마을

하회 마을에서 하룻밤을 묵기 위해 여장을 풀었다. 고가古家 사랑방은 옛 냄새로 가득하다. 흙냄새, 곡식 냄새, 땀 냄새, 연기 냄새, 곰팡냄새 모두 조상님의 냄새이다. 엄마가 아기 살 냄새를 맡듯, 거부감 없이 세월의 냄새를 맡는다.

하회의 밤은 환형幻形으로 난무한다. 흰옷 바짓가랑이와 저고리 옷고름이 바람에 휘날리며 춤을 춘다. 이 골목에서 덩실거리고, 저 골목에서도 덩실거린다.

하회의 밤은 쉼 없이 적막을 깨는 소리가 난다. 바람 소리였나? 수숫대 부딪치는 소리였나? 옛 어르신네들의 헛기침 소리였나?

대청마루 지나 문틀까지 들어온 달빛은 새벽까치의 울음소리에 달아났다. 먼동에 놀란 어둠은 유령과 함께 사라졌다.

다시 아침이 오자 관광객이 기웃한다.

북간도

　　중국 연변대학교에서 열린 축산식품에 관한 세미나에 참석하였다. 연변에서 만나는 사람이 대부분 조선족이어서 체류 중에 그들과 우리말을 쓰고 우리 음식을 먹었다. 땅과 사람은 중국 소속이지만, 조선족과 오랫동안 함께 있으면 한국인으로 착각하기도 한다. 생활양식이 조금 다른 함경도쯤에 사는 사람, 아니면 서구 음식문화가 도입되기 전 우리 전통 음식의 맛을 유지하는 사회쯤으로 생각되기도 한다.

　　연변의 조선족 사회가 있기까지는 기나긴 역사가 있었다. 연변 조선족의 역사는 1800년대 중반으로 올라간다. 당시는 서구 문명이 물밀듯 밀려오고, 조선의 국운은 계속 기울고 있었다. 연속된 가뭄(1864, 1868~71), 변방 관리의 학정과 수탈이 심해 함경북도 무산, 회령, 종성, 남양, 온성 등의 백성들이 죽음을 각오하고 두만강을 건너기 시작하였다.

그곳을 조선 백성들은 '사이섬[間島]'이라 했고, 두만강 북쪽 지역을 북간도라 했다. 백두산을 중심으로 천여 리는 200여 년 동안 중국인도 조선인도 살지 못했던 땅이었다. 정묘호란 때 신생 청나라는 승자로서 백두산 일대를 자기들의 민족 발생지라고 여겨 누구도 들어가지 못하도록 조선에 요구했다(간도회맹, 1627). 청나라와 조선 정부는 이를 봉금토封禁土라 불렀고, 바로 그 땅을 조선 백성들이 목숨 걸고 월경하여 들어갔다.

　　그러자 청나라도 봉금을 해제하여 북간도 지역으로 자국민을 이주시키는 정책을 폈다. 그러나 그 지역에는 이미 조선인이 정착하고 있어 다수의 조선인과 소수의 청인이 혼재된 땅이 되어버린 것이다. 그러하니 그곳이 조선 땅인지, 청나라 땅인지 분쟁이 계속 이어졌다. 조선과 청국 간의 국경은 1712년(숙종 38)에 결정된 바 있다. 당시 조선과 청나라 대표가 백두산에 올라 '정계비'를 세우고 국경을 확정하였다.

　　그러나 그 비문의 해석이 문제였다. '서압록西鴨綠 동토문東土門'이라고, 서쪽은 압록강을 경계로 하고 동쪽은 토문강을 경계로 한다는 구절이다. 조선은 토문강이 송화강松花江의 지류라고 주장하였고, 중국은 두만강의 상류인 도문강圖們江이라고 주장하였다. 1905년 일본은 조선의 외교권을 박탈하고 자기들 마음대로 분쟁 중인 이 땅을 중국에 넘겨줬다(간도협약, 1909). 이로써 북간도의 조선인은 중국인보다 더 힘들게 고난을 겪는 유랑인이 되어버린 것이다.

　나는 여러 번 연변을 방문하면서 그 도시의 외형적 성장 모습을 보아 왔다. 그러나 조선족 내부를 들여다보면 젊은이나 유효 노동력 인구는 대부분 한국이나 중국의 도시로 떠났고, 노인과 어린이만 남아있다. 이 빈자리를 계속해서 중국인(한족)이 차지하고 있다. 연변대학의 축산학과와 식품학과에 조선족은 한 학년에 몇 명밖에 없고, 그나마 조선족 3~4세로 한국어도 익숙하지 못하다고 한다.

　조선족 사회가 약화, 와해되는 것은 같은 민족이라는 측면에서 보면 서글픈 일이다. 그렇다고 우리(한국)가 그들을 도와줄 의무가 있는 것도 아니고, 도와준다고 해도 신통한 방안이 있는 것 같지도 않다. 그들은 현재 '중국'에 거주하는 '중국인'이기 때문이다. 그러나 그들은 우리 조상의 후손이다. 그들의 조상이 어떤 분들이었고, 어떻게 살았는지 알아야 한다.

초기에 북간도로 이주한 조선인은 청나라식 변발과 흑복(치파오, 청나라의 전통 옷) 착용을 강요당했다. 또, 때 없이 출몰하는 마적에 시달렸다. 일제 관할의 간도파출소와 간도영사관이 있었던 시절에는 일제로부터 자국민(?) 보호의 명목으로 감시와 탄압을 받았다. 당시 조선족이 얼마나 핍박받았는지는 안수길의 장편『북간도』에 잘 묘사되어 있다.

연변 조선족은 어려운 여건에서도 조국의 독립을 위해 노력했다. 먹고살기 자체가 어려웠지만 조선족은 초기부터 독립을 위한 인재 양성이 필요하다고 생각하여 서전서숙, 명동학교, 신흥무관학교, 은진학교, 대성학교 등을 세웠다. 청나라나 러시아의 귀화 요구를 절대다수가 응하지 않고 일제에 조직적으로 항거하면서 독립의 날을 준비했던 것이다.

이주민들의 삶은 순탄치 않았다. 많은 사람이 억울하게 죽어갔다. 우리는 1920년대 홍범도의 봉오동 전투, 김좌진 등의 청산리대첩을 기억할 뿐, 북간도의 수많은 조선족의 고난에 대해서는 무심했다. 무장독립군이 후퇴한 후 일제가 저지른 조선족에 대한 만행(경신참변)은 상상을 초월했다. 학교 31개, 교회 17개(독립군은 주로 학교와 교회를 사령부로 사용했다), 가옥 2,600채가 불태워졌고, 3천 명 이상이 죽임을 당했다.

현재 남의 나라가 되어버린 땅에서 예전에 저질러졌던 일본군의 만행과 그에 따른 희생자를 기억하고 추모한다는 것은 조선족도, 우리도 되돌리지 못하는 흘러간 세월만큼이나 쉽지 않을 듯싶다.

일본의 패전과 해방의 기쁨도 잠시뿐, 조선족의 삶은 중국이라는 사회주의 체제에 적응하지 않으면 안 되는 다른 차원의 어려움이 닥쳤을 것이다.

연변대학교의 조선족 출신 학생 중에는 한국에서 유학하고 돌아와 연변대를 비롯하여 중국 여러 대학에서 교수로 재직하는 사람들이 많다. 그중에는 나에게 지도를 받았던 유학생도 있다. 그의 말이 지금도 기억에 남아있다. "연변대 출신 학생들이 한국에서 공부할 수 있도록 많이 도와주세요. 다른 나라 학생과 같은 잣대로 경쟁시켜 장학생으로 받으면 안 됩니다. 우린 같은 민족이잖아요."

용정 중심지에서 조금 떨어진 명동촌에 윤동주 시인의 생가가 있다. 워낙 유명한 민족 시인이라 한국 관광객들이 꼭 들리는 곳이다. 최근 생가 주변을 확장하여 공원을 조성하였다. 거기에 고려공산당의 창시자이자 임시정부에서 군무총장과 총리를 역임한 독립운동가 이동휘를 소개하는 표지판도 눈에 띄었다. 당시 대표적 사회주의자이자 임시정부 내각 요원이었던 분이다. 도산 안창호 선생이 상해임시정부 시절, 그토록 임정에 합류하도록 권유했던 인물이 이동휘 아닌가!

비암산 일송정에 올라갔다. 여기도 관광지 조성을 위해 대대적인 확장 공사를 했다. 〈선구자〉의 노랫말처럼 해란강은 변함없이 흐르고 있었고, 산 중턱에는 공사 중인 용주사가 보였다. 용정 시내를 내려다보니 용문교와 용두레 우물이 있는 곳이 한눈에 들어왔다.

1990년대까지는 일송정 비석 옆에 '선구자 시비詩碑'가 있었던 것으로 기억되는데, 지금은 한국인에게 낯선 시로 대체되어 있다.

비암산에서 연변 방향으로 모아산과 연길로 이어지는 들판이 보인다. 우리 독립군이 활약한 왕청과 훈춘 방향을 바라본다. 어디쯤일까? 왕청은 북로군정서, 중광단, 국민회 등 당시 독립군 조직이 가장 많았던 지역이다. 서일, 이동휘, 홍범도, 김좌진, 김혁 등 많은 독립운동가가 머물던 곳이다. 훈춘 방향은 연해주로 가는 길목이고, 수많은 독립군과 조선인이 거쳐 간 길목이었다.

봉오동 전투의 승리, 그리고 일본군에게 살해당한 조선인들을 생각해 본다. 자유시 참변(흑하사변)도 떠올렸다. 1920년 독립군은 중국의 밀산을 넘어 러시아의 스보보드니로 갔다. 거기에서 독립군끼리 벌어진 살육 사건이다. 최근 홍범도 장군의 손녀가 흑하(스보보드니)에 와서 '다시는 우리끼리 싸우는 일이 없기를…' 표지석 건립에 참석하였다고 한다.

연변은 1917년 러시아의 볼셰비키 혁명 이후 1920년대부터 우리와 다른 길(사회주의)을 걸어왔다. 그 길에 적응된 후예들, 그 사람과 함께 나는 일송정 앞에 서 있다. 그들과는 지난날의 독립운동과 연계된 오늘의 정치사회 이야기를 나누려 하지 않는다. 전공으로 보더라도 전혀 관심이 없어 보이는 사람들이기 때문이다. 해방 후 독립된 조국에서 벌어진 동족상잔의 비극도 생각했다. 연변 조선족도 6·25 전쟁으로 많은 상처를 받았을 것이다. 수많은 조선족이 중국 인민군 소속으로 전쟁에 나갔으니 말이다.

이런저런 생각으로 멍하니 서 있는 나를 조선족 친구가 하산하자고 재촉한다. 그들에게는 과거보다 오늘이 더 중요하고 절박한 것 같다. 그래도 연변 사람들은 가끔 이런 이야기만은 한다.

"그래도 한국이 경제적으로 잘 살아 여기 사는 우리도 좋다."

중국의 한족에게 무시당하지 않아서 좋다는 말이다. 민족끼리 다시는 싸우지 말자. 우리를 위해, 조선족을 위해….

일송정 푸른 솔은

용정

　북간도 만주벌판이 푸른 물결의 파도처럼 춤추고 있다. 무더위가 한풀 꺾이고, 뜨거운 태양 아래 한창 곡식이 여물고 있다. 우리 선조들이 빼앗긴 조국을 찾기 위해 말 달렸던 들판, 수많은 조선인의 피와 땀이 배어있는 곳이다. 세월은 흘렀어도 그 땅은 묵묵히 거기에 있다.

　조국은 광복이 되었지만, 선조들은 분단의 한恨을 안고 떠났고, 그들이 살았던 터전에는 붉은 공동주택이 새로운 역사를 전하고 있다. 한 많은 두만강 밑 한반도는 피투성이 상처만 남긴 채 남북으로 쪼개져 있다.

　해란강이 굽이굽이 돌고 돌아 품은 용정은 낯선 필체의 한글 간판이 즐비하다. 야시장에서 채소를 파는 아낙네의 진한 함경도 사투리가 귓가에 울린다. 거리는 자동차와 인파로 뒤범벅되어

온통 잿빛으로 물들어 있다. 거리의 조선족, 우리 핏줄의 얼굴에서 멈춰버린 세월의 흔적이 굵게 보인다.

　　말 달리던 선구자는 간데없고, 비암산의 일송정은 상처받은 역사를 가슴에 품고 쓸쓸히 용정을 굽어보고 있다. 윤동주가 그리워했던 어릴 적 동무들은 모두 먼 과거로 묻혔지만, 별과 하늘과 바람의 영혼은 생가터에 남아 찾는 이의 발을 묶어두고 있다.

　　백두산 정기 아래 오늘도 두만강과 토문강土門江은 흐르고, 남으로 이어진 백두대간 민족의 얼이 한반도 끝까지 흐르고 있다. 촘촘하게 돌담을 쌓아 옛 모습을 간직하고 있는 수원지 용두레는 북간도 조선인의 근원을 상징하지만, 우물은 폐쇄되고 그 옆에서 포커 치는 노인들의 웃음소리만 헛헛하게 들리고 있다.

　　간도를 통치했던 일제의 잔존 건물만 지난 역사를 보여 주고 있을 뿐, 용정은 흐르는 시간에 밀려 망각으로 치닫고 있다. 과거와 현실이 혼재된 용정, 중국의 변방 낙후된 소도시에서 하루의 일상을 보내고 있다.

연 길

　　중국의 현대화 물결은 거세다. 우후죽순 빌딩들이 하늘을 찌르고 있다. 자본주의 체제를 비웃기라도 하듯, 중화인민공화국의 힘으로 길이 뚫리고 건물이 올라가고 있다. 거리에는 수많은 자동차가 달리고 있어, 외형적으로 본 연길은 중국 고도 경제성장의 상징처럼 보였다.

연길의 조선족은 근대화 물결 속에서 방황하고 있다. 일제 강점기의 고통과 공산주의의 험준한 물결을 체험한 할아버지, 아버지들의 후예가 이제 자본주의 시장에 적응하려 애쓰고 있다. 농민은 도시로 향하고, 도시인은 다시 한국으로 떠나고 있다.

중국의 개방 경제정책에 따라 조선족은 가난과 부, 현실과 이상, 전통과 신문화의 충돌 속에 있다. 시내 빌딩 숲속에는 화려한 네온사인이 번쩍이고, 인터넷 문화가 요지를 점령하고 있다. 연길은 우리에게 역사의 땅이지만, 중국은 동북의 번영을 상징하는 미래의 땅으로 보는 것 같다.

오늘도 한국의 관광객들은 용정과 연길을 찾아 지난 역사의 고통과 아쉬움을 달래고, 민족의 영산 '백두산'에 오르기 위해 북녘의 우리 땅이 아니라 중국 이름 '장백산' 입구를 향하고 있다.

반 고흐 미술관

　네덜란드의 암스테르담 중앙역 광장 앞에는 운하와 이를 건너는 다리가 있고, 트램(노면전차) 레일도 여러 방향으로 깔려 있다. 그리고 도로를 따라 석조건물이 즐비하다. 겨울에는 거리 색깔이 우중충하다. 수시로 가랑비가 내리고, 오후 서너 시쯤이면 어둠이 몰려온다. 스산한 분위기에도 트램에 오르내리는 사람들로 분주하다. 무표정한 얼굴들이 낯선 풍경과 함께 영화의 한 장면 같이 지나간다.

　광장 역에서 트램으로 얼마 가지 않으면 우리에게도 잘 알려진 유명한 미술관을 만날 수 있다. 불꽃처럼 살다 간 빈센트 반 고흐의 작품들을 전시하는 미술관이다. 자유분방하면서도 고독했던 고흐의 작품이 관광객을 기다리고 있다. 그가 평생 그린 유화 870여 점, 드로잉(소묘) 1,200여 점 중에서 이곳에 유화 200여 점, 드로잉 500여 점이 소장되어 있다.

　그는 화랑 점원, 어학 교사, 신학 연구생, 목사 등 다양한 직업을 가졌었고, 사촌과의 연애 실패, 창녀와의 동거, 농촌 생활, 파리 몽마르트르에서의 삶, 정신 병동 입원 등 순탄치 않은 삶을 살았다. 이 미술관 2층 로비 벽면에는 아래와 같은 구절이 쓰여 있다.

> The way to succeed is to keep one's courage and patient, and to work on energetically.
>
> - Vincent van Theo, 1886

형님 반 고흐를 위대한 화가로 만들기 위해 평생 물질적 · 정신적으로 후원했던 동생 반 테오van Theo가 쓴 글이다.

고흐가 활동하던 때 유럽의 화가는 대부분 가난했다. 그도 모델료를 지불할 수 없어 자화상을 많이 그렸다(자화상 35점 중 18점을 이 미술관이 소장하고 있다). 눈은 쑥 들어가고, 약간 찢어진 듯 날카로운 눈동자, 꽉 다문 입술, 덥수룩한 턱수염 등 고집이 세고 집중력이 강한 모습이다. 즐거워하는 얼굴은 찾아볼 수가 없다. 특히 고갱과 다툰 후 귀를 자르고 붕대를 칭칭 감은 모습이 인상적이다(소설 〈달과 6펜스〉에서 묘사된 스트리클랜드의 행동을 보면 고갱도 고흐와 비슷한 성격이다).

고흐의 그림에서 눈에 많이 띄는 것은 해바라기다. 힘 있게 덧칠한 것 같은 굵은 진노랑이 화선지에 가득 차 보인다. 정열적인 해바라기가 활활 타고 있다. 억제하기 힘든 열정의 분출구 같다.

그는 1880년대 전후의 농촌 풍경을 많이 그렸다. 밀이 노랗게 익어가는 유럽의 들녘과 농촌의 일상사, 감자를 먹고 있는 농민의 풍경도 눈에 익다. 그의 서민적이고 소박한 모습은 아마 그 진정성 때문인지 모른다. 그는 고갱과는 달리 현실적인 냉정한 성격의 소유자가 아니라, 이웃의 고통과 슬픔을 함께 나누며 가슴으로 다가가는 인간애를 지녔다.

　　태양을 사랑했던 그의 영혼은 언제나 하늘을 맴돌았다. 그는 태양과 같은 열정이 극에 달했을 때 정신 병동에 입원하게 된다. 정신 병동에서 그린 검은색 건물과 거친 하늘은 우울증의 극한을 보여주고 있다. 병동 밖 풍경은 그의 내면세계를 조명하고 있고, 인간사에서 단절된 자아를 반영하고 있다. 그가 권총 자살로 목숨을 끊은 것은 1890년, 그의 나이 37세였다.

　　위대한 화가는 갔지만, 후대 네덜란드인들은 조상 덕을 크게 본다. 고흐의 그림을 보기 위해 세계 각국에서 몰려온 관광객들이 미술관 앞에 장사진을 치고 있다. 인생은 짧고 예술은 길다고 한다. 고흐 그림을 보면서, 화가는 불행했지만, 관람객은 행복하다고 느꼈다. 위대한 예술가의 삶이 보여 주는 아이러니다.

벨기에에서 맞은 성탄절

농무濃霧 속에 이국적인 건물이 늘어서 있다. 우중충한 날씨는 수시로 안개비로 변했다. 벨기에의 겨울은 혹독하진 않지만, 그렇다고 쾌청한 기분이 드는 날씨는 아니었다. 두툼한 방한복을 입고 무표정한 얼굴로 거리를 활보하는 사람들 사이로 나는 자전거로 달리고 또 달렸다. 주말이면 주인집 자전거를 빌려 시내를 누볐다. 이색적인 건물이 늘어선 도시 속을 배회하는 것이 좋았다.

방황이라기보다 여행자의 행복한 고독이었다. 무궁무진한 문화, 역사, 음식, 그림과 공예, 건축양식, 박물관이 즐비한 도시 공간을 달려도 인파로 인한 복잡함이 없었다. 전차 정류장 주위와 관광지 거리만 사람이 오갈 뿐 겐트Ghent의 주거지 골목은 한가했다.

우리와 다르게 살아온 그들의 속살을 보려는 호기심이 발동했고, 조만간 체류 기간이 끝나면 가족이 기다리는 집으로 되돌아갈 수 있기에 행복한 외로움을 즐겼다. 벨기에 겐트대학교에 객원 교수로 있었던 시절의 추억이다.

분주한 낮 생활을 마치고 주인 없는 3층짜리 월셋집으로 돌아왔다. 얼마 전에 이혼한 집주인은 새로 사귄 애인 집에서 동거하기 때문에 나 홀로 독채를 지키며 보냈다. 적막이 흐르는 밤이면 나무로 만든 집이어서 바람 소리에 삐거덕거리는 소리가 들렸고, 유리 창문이 있는 지붕 위로 고양이가 지나가며 울기도 하였다. 드문 일이지만 날씨가 맑은 밤에는 달빛과 별빛이 창문을 통해 나의 침대까지 들어오기도 하였다.

기독교 문화가 지배하는 곳이라 크리스마스 연휴는 그들의 큰 축제이자 휴일이었다. 이미 며칠 전부터 대학 연구실 학생들은 마음이 들떠 일손이 잡히지 않는 듯 보였다. 거리에 나가면 휘황찬란한 불빛이 번쩍이며 송년 축제 분위기를 띄웠다.

프랑스의 대문호 빅토르 위고가 '세상에서 가장 아름다운 광장'이라고 극찬했던 브뤼셀 그랑 뿔라스Grand Place에는, 형형색색의 조명 아래 곳곳에서 열리는 이벤트로 인파가 몰려들었다. 집 안에 박혀있는 사람들을 밖으로 나오게 하여 겨울밤의 추위를 열기로 바꾸고 있었다.

그러나 낯선 땅에서의 휘황찬란한 연말연시는 나에겐 배고픈 사람처럼 심신을 허전하게 했다. 시간이 날 때마다 집주인 안드리스가 좋아하던 로리나 맥케니트Loreena Mckennitt의 노래를 들었다. 그녀는 켈틱 음악을 기본으로 중세 민요와 고악기, 인도와 아랍 악기들까지 받아들인 켈틱 퓨전의 여왕이다.

오늘 우연히 컨 라디오에서 로리나 맥케니트의 노래가 흘러 나왔다. 눈을 감고 다시 20여 년 전으로 돌아가 벨기에 여행을 하고 있다.

잉카제국의 수도 쿠스코

사라진 제국 잉카의 유적을 보기 위해 남미여행을 가는 사람이 많다. 내가 잉카 문명에 관심을 가진 것은 그 옛날 베링 해협을 건너간 사람들의 후예인 남미 원주민이 우리와 닮았다는 친근감도 있지만, 세계식육과학회 논문발표로 남미를 두 차례 방문하면서 곁눈질로 보고 들은 것이 있기 때문이다.

잉카인의 기술 중에는 당시의 유럽보다 앞선 것이 있었고, 잉카 시대 이전부터 발전시켜 온 찬란한 문화도 있었다고 한다. 잉카인들은 수천 년 전부터 감자와 옥수수 같은 작물을 재배하였고, 라마와 알파카를 가축화해 역용, 또는 그 고기와 털을 이용하였다.

잉카인은 치밀한 석조 기술, 가축의 털을 활용한 섬세한 직조 기술, 생활 도구를 만든 청동기 문화를 가지고 있었다. 그러나 이 대제국은 피사로가 이끈 180명의 스페인 군대에 무너졌다. 스페인 점령 후 잉카의 후손들은 혈통적으로, 문화적으로 정체성을 잃어버렸다.

잉카제국이 왜 역사의 뒤안길로 사라졌는지 궁금증이 많다. 잉카에 대한 우리의 지식은 패망 후 남아있는 유적지와 정복자에 의해 기술된 역사에 의존할 수밖에 없다. 잉카 이전의 역사를 보면, 통일된 제국은 아니어도 그 땅에서 번창하다가 사라져 간 부족국가들이 있었지만, 프레잉카(잉카 이전)의 찬란한 문화와 역사는 거의 알려지지 않고, 더구나 잉카제국에 가려 그 실상이 낮게 평가되고 있다.

잉카 유적을 보려면 페루의 수도 리마에서 국내선을 타고 옛 잉카의 도읍지 쿠스코로 가야 한다. 쿠스코 공항에 내렸을 때 하늘은 파랗고 맑았으며, 도시는 건조해 보였다. 3천 미터가 넘는 고지대여서 숨이 조금 차는 것을 느꼈다. 도시의 집들은 대부분 돌로 지어졌고, 지붕은 누런색이다. 여기를 중심으로 삭사이와만, 코리칸차, 마추픽추, 나스카 등을 둘러보는 게 여행 코스다.

대제국이 그렇게 쉽게 무너진 이유는 무엇일까? 잉카는 험준한 고원과 계곡에서 번창하였다. 역사가들의 연구에 의하면, 잉카인들에겐 바다 건너 땅(구대륙)에 대한 정보가 전혀 없었다고 한다. 문명발달의 기본이 되는 바퀴가 없었고, 대부분의 영토가 산악인 데다가 가축화시킬 수 있는 소, 말, 낙타와 같은 축종이 없었다. 또한, 전쟁에 필수적인 철기 문화가 없었다. 그러하니 당연히 말과 총이 없었다.

잉카제국이 하루아침에 안데스 일대를 통일한 것은 아니었다.

그들은 주변 부족 국가와의 오랜 전쟁을 치르고 대제국을 건설했다. 그들에게는 뛰어난 전투 기술과 군대조직이 있었고, 활과 돌로 만든 무기가 있었고, 용감무쌍한 수만의 병사가 있었다.

그렇지만 외부 세계에 대해 전혀 정보와 대응력을 가지지 못했던 잉카인은 낯선 백인들에 저항할 시간적·심리적 여유가 없었다. 그들은 완전 무방비 상태에서 낯선 침입자들을 맞은 것이다. 노란 머리에 코가 큰 사람들, 그들이 타고 온 말, 압도적인 살상력의 총은 공포 그 자체였다. 스페인 원정군의 침략 전, 제11대 와이나 깜박 왕이 죽으면서 "아주 강한 힘을 가진 족속이 조만간 나타나면, 절대 이길 수 없으니 무조건 복종하라"고 유언하였다는 이야기도 있다.

피사로가 배 3척에 180여 명의 군사와 27기의 말을 싣고 페루 북부 툼베스에 도착한 것은 1531년이었다. 잉카인들은 갑자기 나타난 스페인 군인들과 말, 총과 대포를 그들이 믿어왔던 '비라 코차Viracocha신'으로 믿었다. 그러나 차츰 침략자의 잔혹성을 보고는 신이 아님을 깨달았지만, 이미 사태는 되돌릴 수 없었다.

피사로는 잉카의 아따 왈 빠 왕을 생포하려고 유인하였다. 먼저 가톨릭의 루께 신부를 앞세워 자기들은 침략을 하러 온 게 아니라 복음을 전하려고 왔다며 기만했다. 광장 주변에 수만 명의 잉카군이 대기하고 있는 상황에서, 왕이 탄 가마가 춤을 추는 병사들을 앞세우고 광장 안으로 들어갔다.

5천~6천의 비무장 잉카 병사들이 뒤를 이어 들어서는 순간 포성이 울리면서 아수라장이 되었다. 180명과 수만 명의 싸움이 시작되었다. 한편은 최신 무기로 무장하고는 치밀한 계획을 세웠고, 다른 쪽은 처음부터 함정에 빠진 것이다. 잉카 병사 7천 명이 죽고 아따 왈빠는 생포되었다. 불과 두 시간 만에 찬란했던 대제국이 운명을 다한 것이다. 1532년 11월 16일 저녁이었다. 왕의 생포는 잉카제국의 멸망을 의미했고, 원주민 공동체와 그 문화의 몰락이었다.

　잉카 멸망 500여 년, 쿠스코 일대는 그 역사의 흔적만 남아 있다. 잉카인은 태양을 최고의 신으로 모셨기에 어디를 가나 태양신전을 만들었다. 쿠스코 중심부에도 코리칸차(태양의 신전)라는 신전이 있다. 스페인 정복자들은 코리칸차를 허물고 그 위에 가톨릭 성당을 지었다. 그들의 선조가 이베리아반도에 모스크를 허물고 세비야 대성당을 세운 것처럼, 정복자는 여기에 산토도밍고 성당을 세운 것이다.

　그들이 믿는 신을 위해 다른 신을 없앤 것, 결국 인간의 전쟁이 신과 신의 승패까지도 갈렸던 현장이다. 잉카 원주민들은 험준한 산속으로 숨어들어 목숨을 유지하여, 소수 집단으로 살아남았다. 많은 이들은 스페인인과의 혼혈인이 되었다. 정복자들이 잉카 원주민과 적극적으로 피를 섞었기 때문이다.

　회색 넓적 돌로 덮여있는 쿠스코의 아르마스 광장에 앉아 노을에 비친 성당을 한없이 처다본다. 관광객들의 웃음소리와 함께

'현대'의 중고 택시가 경적을 울리고 있다. 구한말 우리가 겪은 운명을 생각해 봤다. 일본은 메이지 유신을 통해 우리보다 먼저 서구 문화를 받아들이고, 그 힘으로 조선과 중국을 먹으려고 날름거렸다.

밀려오는 외세에 조선의 현명한 대처는 무엇인지 되새겨본다. 오늘날에도 열강에 둘러싸인 한반도는 그들로부터 끊임없이 도전과 간섭을 받고 있다. 역사는 멈추지 않는다. 잉카의 몰락을 교훈 삼아 우리 사회에 물어보자. 오늘 우리가 해야 할 것은 무엇인가.

6

교수가 본 세상

축구 4강 진출

2002년 한·일 월드컵에서 우리나라가 4강에 진출하리라는 것은 아무도 예측하지 못했다. 우리나라는 역대 월드컵 본선에 여러 차례 진출하였지만, 한 번도 16강에 오른 적이 없었을 뿐 아니라 한 게임도 승리하지 못했다. 그런데 이번에는 몸싸움에서도 전혀 밀리지 않았고, 정신력과 조직력을 앞세워 중원부터 압박해 가는 모습은 자신감, 그 자체를 보여 주었다.

세계를 더욱 놀라게 한 것은 붉은 악마의 거리 응원전이었다. 수백만 명이 거리로 뛰쳐나와 그렇게 즐거운 함성을 질러 본 적이 해방 후에 있었던가? 미국 CNN에서도 한국인이 열광의 도가니에 휩싸였으며, 월드컵이 한국민에게 커다란 자부심을 주었다고 보도하였다.

지금의 기성세대는 1970~80년대에 암울한 젊은 시대를 보냈다. 당시 많은 이들이 독재정권에 항거했다. 1980대에는 광주

민주항쟁에 이어 대통령 직선제 쟁취를 위해 거리로 뛰쳐나왔다. 그때는 울분과 억압에 견디지 못해 뛰쳐나왔지만, 붉은 악마가 보여 준 거리 응원은 우리 역사상 처음인 즐거운 축제였다.

4강 신화의 주인공은 거스 히딩크 감독이었다. 매스컴은 그의 축구 전략을 우리 경제와 정치도 배워야 한다고 야단이다. 그는 선수들끼리 서로를 부를 때 ○○ 형, ×× 선배님이라고 하지 말고 이름을 부를 것을 주문했다.

식사할 때도 동년배들끼리 앉아있는 것을 보고는 나이에 상관없이 섞여 앉을 것을 주문했다. 히딩크는 예의나 관습에 얽매여 자유로운 분위기가 방해받아서는 안 된다고 하였다. 경기에서는 항상 새롭게 시도하라고 주문하였고, 실수를 두려워하지 말라고 하였다. 그는 실력 위주로 선수를 선발하였다. 그리고 연습에 게으르거나 능력이 떨어지면 최종 명단에서 단호하게 제외했다.

이것이 히딩크의 축구 전략이요, 선수단 경영 방식인 셈이다. 그의 생각은 발전에 장애가 되는 요인을 모두 제거하는 데 있었다. 축구는 11명이 뛰는 게임이기 때문에 상호 간에 협동심이 필요하다.

히딩크는 목표 달성에 적절한 가치를 두었을 뿐, 다른 조건은 중요하게 생각하지 않은 것 같다. 축구만 잘하면 학맥, 배경, 그 어느 것도 고려하지 않는다는 원칙이었다. 공정한 경쟁을 만들기 위해 무한 경쟁의 이론을 실행에 옮긴 것이다. 그것은 자유 경제, 자유 무역의 원칙과 같다.

매스컴은 히딩크의 선수단 관리 방법을 극찬하고 있다. 유럽 사람들은 자기들이 만든 무한 경쟁과 효율을 추구하는 데 익숙하다. 인맥과 안면보다는 확인된 결과나 객관적 평가를 더 고려한다. 히딩크는 철두철미하게 서구의 그 가치를 도입했다.

우리는 히딩크를 통해 서구인의 의식이나 전략을 보고 있는지 모른다. 동서양의 가치 기준과 문화의 차이가 분명히 있다. 우리의 강점은 계승 발전시키고, 부족한 것은 벤치마킹해 발전시켜야 한다.

히딩크가 이룩한 성과에 박수를 보내지만, 그의 방식은 새삼스러운 것이 아니다. 서구는 실질적인 효율을 중요한 가치로 삼았고, 동양은 인성을 강조해 왔다. 그래서 동양은 산업혁명에 편승하지 못해 근대화에 뒤떨어졌지만, 인간의 가치를 중시하는 인본사상 때문에 정신적으로는 더 인간다운 삶을 살 수 있었다고 생각한다.

월드컵 축구가 우리에게 주는 교훈은 "우리도 할 수 있다"와 동시에 "왜 우리 지도자가 아니라 외국 지도자를 초빙하였는가?"라는 자성이다. 우리 지도자는 히딩크처럼 승리를 이끌 자질이 없다는 말인가? 나는 지도자 개인의 역량에 문제가 있다고 생각하지는 않는다. 우리 전통적 정서나 인본 문화에서 나오는 문제일 수도 있다.

천년 미래를 위해 동서양의 강점이 무엇인지 파악하여, 외적인 힘(경제력, 군사력, 과학)과 내적인 힘(자긍심, 인성, 행복)을 조화, 발전해 나가야 한다. 그것은 도산 안창호 선생이 설파한 '힘을 길러야 한다'는 말씀과 일맥상통한다.

영원히 고정된 것은 없다

　라면이 처음 나왔을 때의 기억이다. 어머니는 집에서 가꾼 농산물을 머리에 이고 왕복 40리 길을 걸어가서 시장에 팔고, 생선이나 일용품 등을 사 오시곤 했다. 힘들었던 그 시절에 굶은 적은 없지만, 배부른 날도 없었다. 그때 혜성처럼 등장하여 산골까지도 선풍을 일으킨 게 라면이었다. 라면은 전혀 겪어보지 못한 새로운 맛을 내는 식품이었다.

　어머니는 우리 형제들의 성화를 이기지 못하고 '왈순마'(당시 출시되었던 라면의 브랜드)를 사다가 끓여주셨다. 그것도 양을 늘리려고 라면에 마른국수를 첨가한 '혼합 라면'이었다. 그래도 꼬불꼬불한 면발은 쫄깃했고, 국물은 고소하였다. 그야말로 천상의 맛이었다.

　이와 대조적으로 시내 장터에서 파는 가락국수는 기름이 없고 면도 잘 끊어지는 밋밋한 맛으로 기억된다. 라면 맛과 비교가 되지 않는데도 당시 가락국수가 시판용 라면보다 3배 정도 더 비쌌다.

중학교 시절, 큰 누님을 따라 처음으로 시내 다방에 갈 기회가 있었다. 거기에서 크림과 설탕이 들어간 커피를 마셨다. 커피믹스의 원조라 할까, 달콤하고 고소한 맛이었다. 커피 맛을 전혀 몰랐기 때문에 아버지가 막걸리 마시듯 두 손으로 커피잔을 들고 단숨에 마셔버렸다.

커피 향보다는 달콤했던 그 맛을 지금도 잊지 못한다. 세월이 흘러 커피란 쓴맛의 블랙커피가 제격인 것을 알게 되었다. 나는 커피 향을 친구와의 우정과 같다고 생각한다. 화려하게 유혹하는 것도 아니고 자극적이지도 않지만, 언제나 변함없이 내 곁에 있어 좋다.

1980년 봄에 대학원에 입학했다. 광주 민주항쟁으로 계엄령이 발포되고 휴교령이 내려져 학교에 들어가지 못하고 임시로 KIST에서 실험하며 머물렀다. 그곳에는 언제나 차를 마실 수 있도록 홍차가 비치되어 있었다. 매혹적인 붉은 색깔을 입안에 한 모금 넣으면 얼굴이 찡그려질 만큼 쓴맛이 혀끝을 자극했다.

그러하니 내가 처음 접한 홍차는, 조금 과장하면 일종의 혐오식품이었다. 유럽인이 왜 이런 차를 마셨는지, 그리고 한국인에까지 영향을 미쳤는지 그 이유를 몰랐다. 그러나 지금 내 책상 위에는 홍차가 은은한 향기를 내뿜고 있다.

대학 시절부터 지금까지 변함없이 내가 생각하는 춘천의 대표 음식은 단연코 닭갈비와 막국수다. 학생들은 서민 음식인 닭갈비로 부족한 단백질을 채웠다. 닭갈비는 맵고 달콤하면서 짭짤

하다. 채소, 고구마, 떡을 듬뿍 넣고 고추장에 비벼 익히면 식재료 모두가 고기 비슷하게 되어 음식이 푸짐하게 보인다. 닭갈비는 허기를 해결하면서 훌륭한 소주의 안주도 된다.

학생 시절에는 막국수를 즐겨 먹지 않았다. 요즘은 막국수의 양념이 상당히 짙어졌다고 생각되지만, 당시는 아주 밋밋해서 맛이 없었기 때문이다. 짜거나, 맵고 달지 않았던 그 진미도 나이가 들어서야 알게 되었다. 면발을 씹을 때 느끼는 슴슴한 맛이나 서민들이 즐겼던 옛날의 양념 맛을 당시 느끼기는 힘들었을 것이다. 북한에서 평양냉면을 먹어본 사람 중에는 북한의 냉면이 남한의 냉면보다 맛이 밋밋하다고 평가한다.

음식에 대한 호불호는 세월이 가면서 바뀐다. 취향은 항상 그 자리에 머무는 것이 아니라 나이와 환경에 따라 변한다. 어찌 음식뿐이랴. 좋아하는 음악도 클래식, 오페라, 국악, 대중가요들로 바뀔 수 있고, 취미생활도 세월 따라 바뀌어 간다. 오늘은 업무 때문에 빨리 가기 위해 KTX를 타지만, 나이 지긋한 어느 날은 완행열차를 타고 싶을 때도 있을 것이다.

한때는 이해할 수 없어도, 그 자리를 떠나 다른 장소에 와서, 또는 시간이 흐른 후에는 생각이 달라질 수 있다. 일상은 바로 순간마다 첫 경험이다. 곧 인생이란 첫 경험의 연속이라고 할 수 있다. 그것 때문에 긴장하기도 하고, 시행착오를 일으키기도 한다. 우리가 경계해야 할 것은, 실재는 언제나 변치 않고 거기에 있다는 사실이다. 다만 우리의 인식이 변하고 있을 뿐이다.

양극화가 세상을 망친다

〈부러진 화살〉이라는 영화를 본 적이 있다. 어느 정도 흥행에 성공한 영화였다고 기억한다. 대학에서 해직된 교수의 법정 투쟁과 유죄판결 후에도 부당하다며 싸움을 계속하고 있는 내용이다. 곧 막강한 제도 권력에 저항하는 약자의 투쟁이 영화의 줄거리이다.

이와 달리 오늘날 우리 사회는 강자와 약자의 개념이 모호해지는 경우가 많다. 보통 약자가 강자인 기득권 권력에 저항하는 것이 일반적이지만, 강자는 나름의 제도적 정당성을 앞세워 집단으로 행동하는 경우가 많기 때문이다.

정치 이야기를 하지 않을 수가 없다. 당리당략으로 국회에서 발목 잡힌 각종 법안, 기관들의 업무영역에 대한 집단 이기주의, 경제적 효율과 정치적 이유로 개정을 미루고 있는 불합리한 제도와

법 등을 다투고 있는 것이 요즘의 정치 현실이다. 여러 분야에서 정의롭지 못하거나 국민을 위한 일이라며 속인 양두구육羊頭狗肉의 처세가 만연하고 있다.

우리나라 정치는 여당과 야당이기보다 보수와 진보로 나누어져 있다. 더욱 우려스러운 것은, 특정 정당을 지지하는 국민마저 양극단으로 나누어져 있다. 나는 이를 '맹신의 이기주의'라고 부르고 싶다. 가장 경계해야 할 것은 '믿음의 이기주의'의 고착화다. 믿음이 양극화될 때 소통의 단절은 물론, 이를 조정해야 할 중간 지대가 존재하기 어렵다. 극極이 또 다른 극을 절대 인정하려 들지 않아 타협을 거부한다.

서로 다른 믿음이 맹종으로 향할수록 충돌이 일어난다. 역사적으로 보아도 사상, 이념, 종교가 서로 부딪칠 때 상상할 수 없는 사회파괴 현상이 나타났다. 중세의 십자군 전쟁은 종교적·문화적 차이에서 야기된 충돌이다. 우리나라도 예외가 아니다. 해방 전후에서 6·25 전쟁을 거쳐 오늘날까지 우리 사회는 좌익과 우익, 진보와 보수가 대립해 왔고, 그로 인해 많은 국민이 희생되었던 역사가 있다.

그동안 우리 사회는 놀랄 만큼 정치, 경제, 문화, 통신이 발달했다. 많은 사람이 정보를 자유롭게 소통, 공유하고 있다. 인터넷의 발달로 소통이 민주화를 앞당긴 것도 사실이다. 그러나 진영끼리만 소통하고 다른 집단과는 문을 걸어 잠그고 극단적 반감을 키우는 양극화도 더욱 심각해졌다.

'믿음의 양극화'를 방지하기 위해서는 합리적 품성과 판단력을 가진 중간 지대가 필요하다. 균형추 역할을 하는 국민이 많을수록 선동적인 맹신에 흔들리지 않는 사회가 된다. 지혜와 정의, 평등, 인간에 대한 존중, 균형 잡힌 사고, 건전한 시민의식이 통하는 곳이 성숙한 사회이다.

만들어진 오리엔탈리즘

　우리나라는 19세기 말 개화 과정에서 근대화를 못해 결국 일제에 주권을 빼앗기고 말았다. 그 후 광복을 맞이했지만, 남북분단과 동족상쟁의 비극을 겪었다. 오늘날 우리 사회에 첩첩이 쌓인 모순도 지난 역사의 전개와 밀접한 관련이 있다.

　조선의 개화는 외부세력에 의해 일방적으로 시작되었다. 통상을 명목으로 서구의 상선과 함대가 몰려왔을 때 조정은 능동적으로 대처하기는커녕, 구시대의 탁상논리로 체제 유지에 급급하였다. 왕과 신하는 권력을 놓고 파벌싸움에 열을 올렸고, 전국적으로 탐관오리가 들끓었다.

　또 흉작이 연속되어 민중의 삶은 궁핍했고, 이에 따른 불안도 극에 달했다. 왕실은 개혁은커녕 안에서 문을 잠그고 허송세월을 보냈다. 나는 1800년대 중반에서 국권 피탈까지 우리 근대사의 60여 년을 '방심한 역사 고리'라고 규정하고 싶다.

당시 조선은 대륙을 통해서만 선진문물을 접하는 줄 생각했다. 곧 해양을 무시했던 것이다. 서구 제국을 양이洋夷, 오랑캐 집단으로 인식했다. 결과론적으로, 양이에게 나라를 빼앗긴 것이 아니라 우리와 같은 처지에 있는 일본에 당했다. 일본은 근대화의 물결을 타고 발 빠르게 대처했지만, 우리는 두 손을 놓고 있었기 때문이다.

이런 측면에서 자괴심과 모멸감, 원망과 분노가 가슴에 크게 일고 있음을 부인할 수 없다. 그러나 그 분노와 아픔을 넘어 지금의 우리에게 던져진 교훈과 사명은 무엇인지, 일본이 근대화 과정에서 어떻게 대처했는지, 그리고 지금 그들의 자세는 어떠한지 끊임없이 성찰해야 한다.

일본은 1800년대 초중반, 미국의 함선이 들어와 개항을 요구했을 때, 그들은 열등의식으로 서구열강의 선진화된 힘을 부러워했다. 미국을 비롯한 서구열강은 동양에 개항을 요구했지만, 식민화로 자국의 이익을 실현하고자 하는 것이 궁극적인 목표였다.

19세기의 서구가 바라보는 동양Orient은 미개 사회, 문명과 개화가 필요한 곳이었다. 원래 오리엔탈리즘Orientalism은 '동양의 언어나 문학, 종교 따위를 고양하는 관점이나 학문'을 의미하는 용어였다.

그러나 통상과 식민지 개척에 혈안이 되었던 당시 서구인들의 오리엔탈리즘은 개념 자체가 달랐다. 미국의 팔레스타인계 비교문학 평론가이자 문명비평가인 에드워드 사이드Edward W. Said

(1935~2003)는 오리엔탈리즘을 "동양을 지배하고 재구성하며 위압하기 위한 서양의 사고 양식"이라고 정의하였다.

서구는 동양보다 훨씬 일찍 산업 혁명을 이뤄 산업과 군사력을 키웠다. 그 힘으로 취약한 동양에 눈을 돌려 자기들의 이익을 실현하고자 했다. 동양인을 우생학적으로 구분하고 미개인으로 인식하여 감시와 통제를 해야 하는 타자他者로 규정했다. 재일 한국인 2세로 도쿄대 교수를 역임한 강상중도 자신의 저서 『오리엔탈리즘을 넘어서』(아산, 1997)에서 오리엔탈리즘을 그렇게 규정하고 있다.

1800년대 중반부터는 중국 역시 혼란의 시기였지만, 일본은 서구 오리엔탈리즘의 대상이었던 자신을 메이지 유신으로 극복하려고 애썼다. 일본은 아시아 정체의 원인은 전제주의에 있다는, 18세기 이후 서구의 동양관을 그대로 답습하였다. 그래서 아시아에서 주도권을 잡기 위해 서구와 같은 논리로 조선을 감시 국가로, 규율로 다스리고 개화시켜야 할 대상으로 인식했다. 이는 서구를 본뜬 후발 식민제국의 야망이었다.

일본은 자기들과 조선을 '문명과 야만'이라는 이분 영역으로 설정하고, 서구인이 적용했던 방식 그대로 접근하였다. 이미 홋카이도를 국내 식민지화한 경험이 있었기 때문에 조선을 식민지화하는 데는 문제가 없었다. 조선인을 게으른 미개인으로 간주하여 교화의 대상으로 간주하였고, 따라서 정체된 조선을 질서와 발전을 이룬 일본에 동화시켜야 한다고 주장하였다.

지난날의 그 역사관이나 정책을 오늘에 상기시키는 이유는 무엇인가? 과거를 잊지 말자는 뜻도 있지만, 일본이 패전국이 되었지만, 그들이 주장해 온 오리엔탈리즘은 오늘날까지 고수하고 있다. 그들은 침략전쟁의 참화를 반성하기는커녕 지금도 잘못된 근대화 사관(오리엔탈리즘)을 유지하고 있고, 앞으로도 이를 지속할 것으로 보이기 때문이다.

일본은 여전히 황국을 꿈꾸고 있다. 그들의 일본식 민주주의는 천황제 하의 민족공동체라는 담론에서 벗어나지 못하고 있다. 그리고 그들 공동체 안의 타자(오리엔탈)는 영원히 분리되어야 할 대상이다. 그 첫 번째가 재일 한국인이다. 그들은 지금도 군국주의 전범들의 영혼에 참배하고 있다.

누구나 아시아의 평화와 번영을 원한다. 일본과 화해를 하고 미래를 함께하기 위해서는 공동의 노력이 필요하다. 강상중 교수는 "일본이 오리엔탈리즘에서 탈피하기 위해서는 지배와 피지배, 차별, 타자 개념, 이쪽과 저쪽 편 가르기, 감시체계와 동화정책 등에 대한 관념을 없애야 한다"고 제시한다. 오도된 오리엔탈리즘의 지양과 세계 평화와 번영을 위한 제안이다.

일본은 무엇보다 가해국으로서 진실한 사죄와 반성을 해야 한다. 우리는 그들의 잘못된 정책이나 행위에 줄기차게 항의해야 한다. 최근 일본의 대對한국 발언이나 정책을 보면, 진정으로 과거의 잘못을 뉘우치고 함께하려는 노력이 보이지 않는다.

결론은 명백하다. 우선 오도된 오리엔탈리즘에 대처해야

한다. 그렇다고 항일-반일의 시각으로 접근할 필요는 없다. 국익에 도움이 되는 일이라면 손을 잡아야 한다. 약자도 정의를 외칠 수는 있지만, 정의를 실현하기가 쉽지 않다. 진정으로 그들이 오도된 오리엔탈리즘을 버리게 하고, 우리는 균등 호혜를 위해 국력을 키워야 한다. 100여 년 전 도산 안창호 선생이 조국의 독립을 위해 길러야만 한다는 힘, 그 힘이 오늘날에도 절실하다.

몸의 가치

    사람의 몸값을 평가하는 것이 필요할 때가 있다고 하지만, 때로는 서글프고 씁쓰름할 때가 있다. 전통문화재를 돈으로 따진다고 비판하는 사람도 있던데, 만물의 영장을 돈으로 따진다는 것은 더욱 서글퍼진다. 그렇지만 인간에게도 때로는 객관적 가치 평가가 필요한가 보다.

    오래전 어느 신문에서 드라마 〈겨울연가〉로 잘 알려진 탤런트 배용준의 몸값이 수백억이라고 하였다. 당시 기준으로 보면 그렇다는 이야기다. 배용준의 몸값은 드라마를 통해 시청자에게 비친 노란 머리, 오똑한 코, 분위기에 어울리는 옷, 능숙한 연기 덕분이리라.

    그러나 거기에 건강, 생활 태도, 건전성, 창의성, 지혜, 용기, 현명함 등 인성과 같은 내면적인 가치가 포함되었는지는 모른다. 아마도 외면의 가치와 대중의 취향에 따라 주식처럼 어느 한 시점에서 뜬 값이지 지속해서 유지하는 몸값은 아닐 것이다.

　　단순 가치는 표면적 기준만으로도 충분하다. 달걀을 예로 들어보자. 달걀은 타원형의 단단한 막으로 싸여 있어 웬만한 충격에도 잘 견디어 내부 물질을 보호한다. 달걀 내부는 각종 면역 체계, 혈관 노화 방지 물질, 우수한 영양가가 함유되어 있다.

　　이처럼 완전에 가까운 식품일지라도 달걀 표면에 오물이 묻었거나 꺼칠하면 상품성이 떨어진다. 두말할 것 없이 내부가 아니라 외부 상태에 따라 소비자에게 선택되는 것이다.

　　시대에 따라 인간의 몸값 기준도 변하는 것 같다. 공장에서 물건을 잘 만드는 것도 중요하지만, 소비자를 유혹하는 세련된 포장이 더 중요한 세상이 되었다. 장발에 고무신을 끌고 캠퍼스를 방황했던 60~70년대 대학생의 가치는 사라진 지 오래다. 미팅을 위해 면도를 하고 머리를 손질하는 모습이 더 평가되는 시대이다.

　　화장하는 젊은이들이여! 그대도 내면을 함께 가꾸어야 한다. 닭이 오묘한 생명의 메커니즘을 통해 알을 만들 듯이, 창조적 자아실현을 통해 자신의 가치를 증진하자. 껍데기만 추구하는 백치미가 되지 말자. 내면의 가치가 빛나면 세월이 흘러도 아름다움을 유지할 수 있다. 그 아름다움은 곧 인격이 곱게 익어간다는 의미이다.

금강산도 식후경

'금강산도 식후경', '먹어야 양반이다'라는 우리 속담이 있다. 먹는다는 것이 생명 유지에 없어서는 안 될 중요한 행위이기 때문이다. 매 순간 공기를 마시듯이 우리는 삼시 세끼 음식을 접한다. 본능적으로 먹기도 하고, 때로는 신중하게 선택하여 즐기기도 한다.

무엇을, 어떻게 먹을 것인가? 먹는다는 당연한 행위가 화두에 자주 오르게 된 세상이 되었다. 그만큼 먹거리가 풍부해졌음을 반영하고 있다.

초기 인류는 이동하면서 생활하였다. 그들은 야생동물, 물고기를 잡아먹거나 바닷가에서 조개를 채취하여 살았다. 그래서 끊임없이 동물성 식품을 찾아 움직이며 살았다.

그러다 보니 항상 위험이 도사리고 있었다. 인간보다 덩치가 큰 매머드, 코뿔소, 사자와 같은 맹수와 먹느냐, 먹히느냐 대결해야만 하였다. 상대를 쓰러뜨려 피를 보는 순간 승리의 전율을 느끼곤 했다. 인류는 돌도끼와 돌화살 같은 도구를 만들어 활용할 수 있어 동물과의 경쟁에서 앞서게 되었다. 그 기쁨을 표현하기 위해 사냥 장면을 바위에 그렸다.

인간은 원래 육식동물이었다. 인간과 가깝다는 원숭이와 침팬지도 육식을 선호한다. 원숭이가 나무 열매를 따 일부만을 먹고 나머지를 통째로 버리는 모습을 볼 수 있는데, 실상은 열매를 먹는 것이 아니라 벌레만 먹고 나머지를 버리는 것이다.

침팬지도 무리를 지어 원숭이 등의 동물을 사냥하여 육식을 즐긴다. 고고학자들은, 석기시대의 인류는 오늘날의 미국인이 먹는 고기양의 3배 이상을 먹으면서도 시간적 여유를 즐기며 행복하게 살았을 것으로 본다.

인간의 식생활 패턴이 획기적으로 변하게 된 계기는, 이동을 그만두고 정착하기 시작했을 때이다. 정착촌에서는 야생동물을 포획하여 가축화하였고, 야생식물의 씨를 받아 재배하였으며, 불을 발견하고는 생식에서 화식으로 전환하였다. 곧 문명의 세계로 들어오기 시작한 것이다.

문명 세계는 원시 세계보다 복잡하다. 우선 식습관이 문명의 발달과 함께 크게 변해왔다. 고기의 공급량이 줄어들면서 통치자의 권력 관계와 종교적 환경에 따라 식품 섭취에 영향을 끼쳤다. 예를 들어 이슬람교도는 돼지고기를 먹지 않고, 힌두교도는 쇠고기를 먹지 않는다.

종교와 더불어 식품 섭취에 영향을 미친 것은 과학의 발달이다. 과학은 끊임없이 곡류와 가축을 개량하여 식량 증대에 이바지하였다. 곧 적은 비용으로 다량의 식량을 획득할 수 있게 한 것이다. 유럽인들은 그들이 즐겨 먹는 고기, 우유, 달걀, 빵 등의 증산에 노력하였고, 그 기술을 세계 곳곳에 전파했다.

과학의 발달로 오늘날 우리는 풍족하게 음식을 즐기고 있지만, 과다한 섭취로 인한 건강문제도 증대하고 있다. 개량된 씨앗으로 생산한 곡식에는 정제된 당이, 개량된 가축에서 얻는 고기에는 기름이 많이 들어 있다. 이것은 동일한 양의 음식을 먹더라도 현대인은 초기 인류보다 당분과 기름을 5배 이상 섭취한다는 의미다. 과도한 당과 기름 섭취가 현대인의 건강을 위협하고 있다.

특정 음식과 영양소에 대해서만 주목할 일이 아니다. 그 섭취 방법도 중요하다. 무엇을, 어떻게 먹어야 할 것인지의 해법을 어디에서 찾을 것인가?

해법은 간단하다. 원시 인류의 식습관에서 찾아야 한다. 많은 과학자가 오늘날 개량된 곡류와 축산물에서 얻어진 음식, 경제성을 극대화해서 생산된 농축산물, 소비자의 편중된 영양섭취에 대해 우려하고 있다. 최근에 거친 음식, 자연식, 유기식품, 친환경 음식, 동물복지 등의 용어가 유행하게 된 것도, 과학이 만든 식품에 대한 자성의 결과라 할 수 있다.

풀 냄새와 피 냄새

캠퍼스에서 제초기 돌아가는 소리가 요란하다. 건물 주위에 미화 작업으로 풀을 깎나 보다. 연구실 창문을 여니 풀 향기가 코끝으로 스며든다. 보통 풀 냄새는 향기롭고, 동물의 피 냄새는 역하다고 생각한다. 모두 살아있는 생명을 빼앗아서 나는 냄새인데, 사람들의 인식은 극명한 차이를 보인다.

사람들은 식물이 자기 몸이 잘려나갈 때 고통이 없다고 생각한다. 사실 식물이 고통의 외마디를 지르는지 알 수 없다. 어쩌면 인간이 그 외마디를 못 들었을 뿐인지 모른다. 풀의 냄새는 칼로 잘라서 나오는 생명체의 체취이다.

이에 반해 동물은 죽을 때 고통의 외마디를 지른다. 인간과 생리적으로 생노병사의 과정이 같다. 진화론적 측면에서도 식물보다 동물이 훨씬 인간과 가깝다. 피의 비린 냄새를 좋아하는 인간은 드물다. 인간은 본능적인 취향보다는 학습된 이성의 판단, 곧 습관이

지배하고 있기 때문이다. 그러나 지구상의 맹수들은 본능적으로 피 냄새를 그리워한다.

호모 사피엔스여! 풀 냄새가 역하다고 생각하시는가? 아니면 방금 도살해서 흘러내린 동물의 비릿한 피 냄새를 좋아하시는가? 모든 생명체는 생체를 자르면 체액과 체취가 나온다. 채식주의자들에게는 어리석은 물음이라고 할지 모르나, 식육학자의 눈에는 다르게 보인다.

인간이 본래 육식동물이어서 그런지 모르지만, 인간은 다른 생명체의 삶을 빼앗는 본성을 가졌고, 그로써 승자의 기쁨을 누리고 있다. 타자를 파괴해 얻는 풀과 피를, 인간은 관습적 판단으로 받아들이고 있을 뿐이다. 이 때문에 가끔은 혼란스럽다.

인간은 불을 발견하기 전에는 다른 동물을 죽여 날것의 피와 고기를 먹었다. 지금도 가축을 도살한 후 생피를 즐겨 먹는 지구상의 종족이 있다. 풀의 체액과 동물의 혈액은 똑같은 살생의 산물이지만, 동물은 신경 감각이 있어 인간과 비슷하다. 그래서 문명화된 사회로 접어들자 동물의 피를 바라보는 눈이 복잡해졌고, 그 고기를 먹는 것에 이유와 변명이 많아졌다.

인간에게 있어 좋고 나쁨의 절대적 기준은 무엇인가? 인간의 본성으로 규정한 좋고 나쁨의 기준은 상당 부분 모순되거나 허구일 수도 있으니 말이다.

광우병

　이 땅에는 눈에 잡히는 생물 종만 있는 것이 아니라, 수많은 미생물이 함께 살고 있다. 서로 다른 종을 잡아먹거나 먹히면서 생태계를 이룬다. 인간이 먹이사슬의 최상위자가 되었지만, 항상 승리자인 것은 아니다. 때로는 질병을 일으키는 미생물이 식품을 통해 입안으로 들어와 우리 몸을 그들의 먹거리로 삼기도 한다.

　질병은 인간에게 큰 걱정거리지만 공포의 대상은 아니다. 그렇지만 정체불명의 질병이 출현할 때마다 인간은 공포에 떨곤 하였다. 1970년대까지 잘 알려지지 않았던 에이즈나 슈퍼 박테리아, 1980년대 초기 식품학계를 떠들썩하게 했던 식중독균 리스테리아나 0157:H7 대장균도 당시는 공포의 대상이었지만 오늘날은 아니다.

　광우병은 미생물과 상관없는 새로운 유형의 질병이다. 그 발생원인, 인간의 전염 과정, 치료 방법에 대해 아직도 확실히 밝혀져 있지 않다. 그러나 넓게 보면 발생원인은 쉽게 찾을 수 있을 것 같다. 자연스러운 생태 환경에서 동식물이 공존하지 못했기 때문이다. 육식동물에게는 고기, 초식동물에게는 풀이 주식이다. 광우병의 직접적 원인은 초식동물인 소에게 풀 대신 동물성 사체를 먹였기 때문이다.

인간은 식량을 더 많이 확보하려고 끊임없이 애쓰고 있다. 농작물에 농약이나 화학비료를 살포하고, 항생제를 남용하고, 유전자 조작 식품을 만들기도 한다. 광우병도 고기를 대량 생산하기 위한 행태에서 발생했다는 측면에서 예외가 아니다. 모두 이윤을 극대화하기 위한 농업 생산에서 비롯된 것이다.

다행히 최근 대량생산을 이끈 과학의 부작용을 확인하고, 동물복지, 친환경 농업, 유기농업 등에 눈을 돌리고 있다. 식품에서 발생하는 질병이 과학적으로 밝혀지면 불안감이 다소 해소되겠지만, 불행하게도 이 세상에 100% 안전한 식품이란 존재하지 않는다.

미국산 쇠고기의 안전성 여부는 과학의 영역으로 보면 심각한 문제가 될 수 없다. 절대적이지는 않지만, 거의 안전하기 때문이다. 그러나 대중은 여전히 불안해 한다. 안전과 안심 사이에서 갈등을 겪고 있는 것이다. 우리 사회가 미국산 쇠고기를 수입하면서 광우병과 관련하여 너무 불안해하는 것 같다. 불확실성 때문에 느끼는 심리의 표출인 듯하다.

넓게 보면 '인간 광우병'의 위협이 우리나라에서만 국한된 문제는 아니다. 인류의 안전을 위협하는 세계적 공통 문제이다. 국민이 불안해하고 있다는 사실을 정부에게 충분히 전달하였으니, 과학적 해결 방안이 나올 때까지 기다려 보아야 한다.

세계의 많은 과학자가 밤낮으로 연구하고 있다. 지금까지 알려진 결과보다 더 정확히 원인을 규명하고, 예방하고, 치료할 방법이 제시될 것이다. 우리가 인간 광우병 가능성 때문에 걱정하고 있다면, 식품위생, 가축검역 제도가 훨씬 완비된 사회에 살고 있는 미국인도, 유럽인도 공포에 떨고 있을 것이다.

식육학을 전공하는 필자가 걱정하는 것은, 식품의 안전과 국민의 안심 사이의 간극이 아니다. 촛불집회를 보면서, 그 본질과 거리가 먼 문제까지도 '인간 광우병' 탓으로 돌리는 것은 잘못되었다는 점이다.

구제역

구제역은 발굽이 있는 소, 돼지, 양 등에서 발생하는 바이러스성 질병으로, 가축의 치사율이 50%를 넘는다고 알려져 있다. 구제역은 최근에 발생한 질병이 아니다. 아프리카, 남아메리카, 아시아 전역에 퍼져 있는 풍토병으로, 우리나라에서는 1934년에 발생한 적이 있고, 그후 66년만인 2000년에 경기도와 충청도에서 발생했다.

구제역은 축산 농가, 정부, 소비자 모두 우려하는 질병이지만, 일부 잘못된 인식도 있다. 우선 구제역에 걸린 고기를 먹어도 사람에게는 감염되지 않는다. 가열하면 구제역 바이러스뿐 아니라 대부분의 미생물이 사멸되어 안전하다. 그러나 발병 징후만 있어도 가축을 '살처분' 한다. 추가 확산이 되면 축산 농가에 막대한 손해를 끼칠 뿐 아니라, 환경적 측면에서도 파장이 크기 때문이다.

지구상의 생명체는 눈에 보이는 동식물만 있는 것이 아니다. 보이지 않은 생명체가 보이는 것보다 수천억 배 이상 많다. 인간은 자기들에게 위협이 되는 다른 생명체를 죽임으로써 상대적으로 안전하게 보호받고 있다. 식품에 첨가되는 보존제나 병해충을 죽이는 살충제, 바이러스를 죽이는 소독제가 그런 역할을 한다.

그러나 문제는 다른 생명체를 죽이면서 인간에게도 해를 끼친다. 다른 생명체를 연속적으로 죽이는 과정에서 약제에 대한 내성이나 유전적 변종이 생길 가능성이 있다. 새로운 변종 생명체가 출현하면 새롭게 인간의 삶을 위협할 수 있다. 항생물질에 살아남는 슈퍼 박테리아는 이미 인류를 긴장시키고 있다.

오늘날 사람이나 물건 모두 세계 곳곳으로 이동하여 뒤섞이고 있다. 항구, 공항마다 방역체계가 있지만, 미생물의 이동을 완벽히 막을 수는 없다. 구제역 확산을 막기 위해서는 가축과 사람의 이동 차단, 살처분과 소독만으로는 한계가 있는 것도 이러한 이유다. 축산은 거대 산업이기에 나라마다 공장식 대량생산 시스템으로 전환하였다. 그만큼 위험이 노출되면 면역력이 떨어지고 감염되어 순식간에 질병이 확산한다.

질병을 막는 완벽한 방법은 없다. 그러나 최소한 농민에게는 예방 차원의 교육, 정부의 과학적 대책이 필요하다. 오랫동안 발생하지 않았던 구제역이 왜 매년 재발하는지 생각해 봐야 한다. 밀집 사육, 집중 관리, 효율과 이윤의 극대화 때문에 인간과 함께 살아야 할 미생물의 환경을 고려하지 않았기 때문이다. 치명적인 해가 되지 않는다면 가능한 한 함께 살아가야 한다는 인식이 필요하다.

소독에만 전념하지 말고, 가축, 사람 모두에게 해를 끼치지 않는 자연조건을 만들어가야 한다. 인간이 지구상의 유일한 생명체가 아니라는 겸허한 마음에서 출발해야 한다. 그래야 지구를 먼저 지배했던 공룡처럼, 인간도 1억 년 이상 생존할 수 있을 것이다. 그렇지 않으면 인간의 시대는 훨씬 일찍 줄어들 수도 있다.

조류인플루엔자(AI)

전국적으로 조류인플루엔자(AI)가 발생하고 있다. 오리와 닭에 전염력이 강해 폐사율이 높은 독성 바이러스 질병이다. 확률은 낮지만, 사람도 감염되어 사망하였다는 중국과 홍콩발 보도가 있어 더욱 긴장된다.

바이러스는 세균보다 훨씬 작은 전염성 병원체다. 바이러스의 구조는 수시로 변해 항구적인 백신을 만들기가 어렵다. 바이러스가 모체에서 증식하게 되면 점령군이 된다. 결국, 모체인 오리와 닭은 죽음으로 최후를 맞이한다.

지구상에는 여러 생명체가 함께 살지만, 우리는 보이지 않는 생명체에 대해서는 무시하곤 한다. 그러나 인류는 숙명적으로 보이지 않는 수많은 생명체와 함께 살아가야만 한다. 미생물이다.

미생물은 인류의 인구보다 비교할 수 없을 만큼 많아서 우리의 삶에 직접 영향을 끼치고 있다. 한 사람의 몸에 기생하여 살아가고 있는 미생물이 100조 마리나 된다. 그들도 생명체다. 먹이와 물이 필요하고, 대사 활동을 하며, 노화와 죽음이 있다. 단지 우리가 눈으로 보지 못할 뿐이다.

　미생물도 먹이사슬의 구도에서 예외가 아니다. 서로 죽이기도 하고, 죽임을 당하면서 살아가고 있다. 식품이 부패한다는 것, 음식으로 식중독에 걸린다는 것, 병원성 미생물에 의해 사람이나 가축이 질병에 걸리는 것은 모두 인간의 관점일 뿐이다. 그들도 각자 살아가기 위해 경쟁을 해서 죽은자는 산자의 먹이가 되고 토양이 된다.

　환경이 바뀌면 어떤 생명체는 사라지지만, 이에 적응하는 다른 생명체가 출현한다. 생존 조건에 적합할수록 생명체가 기하급수적으로 성장하고, 그렇지 못한 곳에서는 사라진다.

　수많은 자동차의 매연, 공장에서 쏟아내는 굴뚝 연기와 폐수를 보라. 지구의 오존층이 파괴된다거나 이산화탄소와 메탄가스 함량이 급격히 증가하고 있다고 과학자들은 경고하고 있다. 수십억 년 퇴적된 남극의 빙하 층은 깨끗하지만, 산업 혁명이 일어난 이후의 빙하 층에서도 환경 오염물질이 다량 발견되었다. 생명체의 사이클 개념에서 보면 인류도 퇴출 대상에서 예외가 아님을 경고하고 있다.

　빙하가 녹는 속도와 해수면의 상승만을 우리에게 경고하는 것이 아니다. 인간이 만들어 낸 과학적·제도적 산물인 효율의 극대화로 발생한 부작용이 우리에게 경종을 울리고 있다. 효율이 극대화된다는 것은 대량생산을 도입한 이윤의 극대화이다. 그러나 그 부작용이 만만치 않음을 우리는 경험하고 있다. 전처럼 농가에서 몇 마리 오리와 닭을 방사하여 기르면 질병 가능성도 줄어들어 집단 폐사와 같은 비극이 일어나지 않는다.

이제 우리는 지금까지 발전해 온 문명에 고마워하고, 여기까지 이어온 생명에 감사해야 한다. 후손들에게 건강한 지구를 물려주기 위해서는 자원을 아껴 쓰는 절제심이 필요하다. 그리고 앞만 보고 달려온 속도 외에 더 고려해야 할 요인은 없는지 살펴봐야 한다. 이대로 계속 간다면 치킨게임chicken game이 되지 않을까, 숙고할 필요가 있다. 우리 자신을 위해, 또 우리 후손을 위해서라도 근본적 원인을 찾아 해결책을 찾는 노력이 시급하다.

두 젊은이

　　대학과 연구소가 공동으로 여는 연구과제 협의회에 참석하기 위해 대전에 갔다. 조금 쌀쌀한 날씨지만, 전날 비가 온 뒤라서 하늘은 맑았고 기분도 상쾌했다. 회의 장소는 유성구에 있는 대전농업기술센터였다. 동대전종합터미널에 내리니 예상보다 시간에 여유가 있어 대전 시내 구경도 할 겸 버스로 목적지까지 가기로 했다.

　　초행의 길을 찾기 위해 핸드폰을 들여다보니 글씨가 작아 잘 보이지도 않고 안내도 미덥지 않았다. 버스 정류장 옆에서 건널목 신호를 기다리는 두 명의 청년에게 물어봤다. 자기들도 모르는데, 그중 한 명이 인터넷으로 찾아봐 드리겠다고 하였다. 그러는 동안 파란불이 켜져 다른 친구는 이미 길을 건너가고 있었다.

　　젊은이는 아랑곳하지 않고 계속 핸드폰을 들여다보고 있었다. 미안하고 고마워서 "학생, 그냥 건너가세요. 내가 알아서 찾을게요" 했더니, "괜찮습니다. 저희는 바쁘지 않아요. 시간 여유가

있어요" 하면서 계속 손놀림을 하다가 드디어 찾았다는 것이다.

"여기서 201번을 타고 도마 삼거리에서 내려 다시 몇 번 버스를 바꿔 타세요."

너무나 고마웠다. 이렇게 친절한 학생이 우리 사회에 있었는가? 지금까지 대학 강단에서 많은 젊은이를 보았는데도 나의 기대나 선입관으로 보아 의외였다.

청년은 다음 신호를 기다리고 있는데, 그 사이 201번 버스가 정류장에 도착하고 있었다. 학생은 버스가 왔으니 빨리 타고 가라고 했다. 멈칫멈칫하다가 고맙다고 인사한 뒤 버스에 올랐다.

버스에서는 또 다른 환경이 기다리고 있었다. 타지의 버스라 요금을 어떻게 내는지, 또 갈아타는 경우 카드를 언제 찍어야 하는지 몰라 서울의 딸아이에게 물었다. 다행히 교통카드가 아닌 신용

카드를 대니 소리가 울렸다. 무임승차가 아니라는 신호이리라.

평일이어서 버스는 한가해 나는 외국에 여행 온 것처럼 여유와 낭만을 즐겼다. 그런데 안내방송을 깜박 듣지 못해 내려야 하는 정류장을 놓쳐버려 그다음 정류장에서 무조건 내렸다. 이번 정류장에는 노인 둘과 젊은 아가씨 한 명이 버스를 기다리고 있었다. 아가씨에게 물어보았다.

"예, 제가 인터넷으로 찾아 드릴게요."

그녀는 빠른 손놀림으로 쉽게 찾았다.

"세 종류의 버스가 있는데요. 몇 번 버스를 타고 어디서 내리면 되고요. 그런데 거기에서 내리면 또 한참 걸어야 합니다. 거기서는 택시 잡기가 어려우니 다른 버스를 타면 택시 타기가 좋을 것 같은데요."

표정이 밝고 목소리는 맑았다. 어느 전시장의 도우미 아가씨처럼 손님을 친절히 안내하는 그런 느낌이었다. 이번에도 내가 탈 버스가 아가씨가 기다리는 버스보다 먼저 왔다. 미안한 마음으로 또 버스에 올랐다.

두 젊은이 덕분에 대전농업기술센터를 찾아 회의를 잘 끝내고 돌아올 수 있었다. 내게 친절하게 대해주었던 두 젊은이의 모습이 오랫동안 머리에 맴돌았다. 다시 만날 수는 없지만, 마음으로나마 감사함을 전한다.

쌀 두 말로 바뀐 운명

내가 처음 매형의 고모인 사돈 할머니를 뵌 것은 50년 전이었을 거다. 호리호리한 몸매에 키가 큰 분이셨다. 미소 띤 얼굴을 보진 못했으나, 그렇다고 슬픈 모습은 아니었다. 말이 많으시거나 명랑한 성격은 아니지만, 차분하게 대화하시곤 했다. 그 후 서너 차례 사돈 집안의 경조사에서 뵐 때도 항상 그 모습이었던 것으로 기억한다.

오래전에 TV에서도 방영되었던, 북한의 가족을 상봉한 102살 드신 할머니 이야기이다. 매형의 친고모인 그 할머니가 혼자 사시게 된 연유는 여러 번 들었다. 한국전쟁이 끝날 무렵 강원도 고성군 간성읍에 사셨던 할머니 가족은 인민군이 후퇴함에 따라 북으로 피난했다. 당시 고성이 북한 통치지역이라 북쪽으로 향한 모양이다.

당시 할머니 가족은 남편과 장가든 큰아들, 큰딸, 10살짜리 막내딸이었다. 가족 모두 피난 가던 중 할머니는 헛간에 숨겨둔 쌀 두 말을 마저 가지고 뒤따라가겠다며 다시 발걸음을 집으로 돌렸다고

한다. 그런데 쌀 두 말을 머리에 이고 북으로 가려는 순간 철조망이 처져 할머니를 가로막았다. 그래서 돌아갈 때까지 남쪽에서 50년을 혼자 사신 것이다.

　　운명의 장난 같은 사건이었다. 가족을 찾아 북으로 갈 수 없었던 할머니는 줄곧 옛집에 머물면서 떠날 생각을 하지 않았다. 그리고 밤이나 낮이나, 외출할 때도 언제나 대문을 잠그지 않고 살아오셨다. 언젠가는 북쪽의 아들과 딸들이 내려와 혹시라도 옛집을 못 찾을까 봐 대문을 열어 놓고 그 자리를 지켜야만 했다.
　　유일한 혈육은 속초에 사는 친정 조카들이었다. 할머니는 시간이 날 때마다 화투 놀이로 기나긴 고독의 시간을 보냈다고 한다. 언젠가는 모두 돌아오겠지, 언젠가는 다시 만날 희망 때문에 102살까지 사셨는지 모른다. 희망의 끈을 포기하지 않아 일부 토지만 양아

들에게 물려주고, 나머지 땅은 친아들에게 주려고 재회할 날을 기다
렸다.

남북 이산가족 상봉 사업으로 금강산에서 50년 만에 재회
한 자식은 막내딸이었다. 전쟁 당시 10세이던 소녀가 60세가 되었다.
그동안 남편은 물론이고 아들과 큰딸도 이 세상에 존재하지 않았다.

할머니에게 그 기다림의 의미는 무엇일까? 만남 이후의 그
허망함을 어떻게 달래야 하나? 민족 분단의 비극으로 희생되신 할
머니는 어떻게 보상을 받아야 위로가 될까? 가족 상봉 직후 할머니
는 돌아가셨다. 저승에서라도 남편과 아들딸 만나 행복하게 지내시
길 바랄 뿐이다.

연탄 나누기 봉사

강원홍사단은 1년에 한두 차례 춘천지역의 가난한 노인에게 연탄을 배달해 드리는 봉사를 해 왔다. 보통 홍사단 단우뿐 아니라 봉사에 관심이 있는 학생들도 함께했다. 이번 봉사는 가구당 연탄 100장을 14가구에 배달하는 작업이다. 여러 명이 함께 연탄을 나르므로 봉사라기보다 즐거운 체육행사 같은 느낌이었다.

그 일을 하면서 새삼스럽게 느낀 것은 아직도 우리 사회는 그늘진 곳에서 사는 사람이 많다는 사실이다. 이제 대한민국은 가난의 굴레에서 벗어나 잘 먹고 잘사는 나라가 되었다. 그러나 아직도 우리가 잊고 있는 어두운 사회가 있음을 알게 된다. 봉사 담당 책임자인 정해창 목사님의 말씀이 오랫동안 뇌리에 남는다.

"저분들이 처음부터 이런 곳에서 가난에 찌들어 살아오신 것 같지요? 아닙니다. 상당수는 젊은 시절 사업을 해서 성공했거나, 쟁쟁한 기업에 다녔거나, 공무원으로 일정 수입이 있었던 사람이었지요. 그런데 어느 날 회사가 부도를 맞았거나, 자식에게 전 재산을 물려주고 퇴직금까지 날렸거나, 갑자기 전 재산을 사기당한 사람이 대부분입니다. 어떤 분은 자존심 때문인지, 우리의 조그마한 도움도 받아들이지 않습니다."

연탄을 배달하려면 도심에서 외진 동네, 농막이나 천막집, 비닐하우스까지 가야 한다. 춘천에서 몇십 년을 살았지만, 아직 한 번도 가보지 못한 골목길이 이렇게 많은지 몰랐다. 지금까지 내가 다니던 길이 너무 편협했다는 것에 새삼 놀랐다.

그동안 나는 넓고 평탄한 양지의 길이 춘천의 모든 길인 줄 알았다. 춘천시인데도 불구하고 외진 골목길, 더럽고 냄새나는 길, 비포장에 가파른 계단이 있는 길, 장마로 군데군데 파인 길들이 있었다.

봉사 중에서 연탄 배달은 쉬운 봉사에 속한다. 우리 사회는 이들보다 더 어려운 사람들이 더 많은 도움을 기다리고 있다. 중풍 걸린 노인, 암 수술 후 회복을 기다리는 환자, 허리나 다리가 아파 거동을 못 하는 분 등 절망 상태에서 도움을 기다리는 사람이 부지기수다.

더 많은 도움을 요구하는 봉사일수록 사랑이 깊어질 것이다. 봉사활동은 사회에서 소외된 사람을 통해 우리 자신을 들여다보는 기회다. 봉사에서 우리는 그들을 방기하고 개인적 행복을 누리고 있음을 새삼 깨닫는다. 우리의 작은 봉사가 소외된 이들에게 위로가 되고, 이로써 사회가 조금이라도 훈훈해졌으면 한다.

이런 **생각** 저런 **생각**

7

단상斷想 1

시공時空

올해도 작렬했던 태양 아래 곡식들이 무럭무럭 자랐고, 가을 바람이 불면서 씨앗이 여물었다. 결실은 다음 세대의 잉태를 위한 준비 과정이고, 자연스러운 생명의 순환 현상이다. 어김없이 자연의 변화와 함께 시간이 흐르고, 인간도 그 속에서 공존하고 있다.

살아가면서 느끼는 시간은 나이에 따라 받아들이는 게 다르다. 어릴 적 개구쟁이로 뛰놀던 시간은 길었고, 중장년의 시간은 짧다. 거리는 인간이 만든 척도이며, 이동 수단에 따라 걸리는 시간이 다르다. 같은 거리를 자동차로 가는 것과 비행기를 타는 것은 분명 다르다. 전파나 빛으로 간다면 시간은 순간이 된다.

우리가 지금 겪고 있는 시공간은 어디에서, 언제 왔을까? 우리가 알고 있는 것은 다만 광활한 우주 귀퉁이에 자리한 작은 행성에서 지극히 한정된 시간을 살고 있다는 것, 그리고 또 바로 떠나야 한다는 운명이다. 생명체의 영생은 없다. 반드시 노화로 소멸한다.

우리는 살아있는 동안 매일 첫 경험의 연속선에서 신이 허락한 시공간 위에 서 있다. 우주에서 보면 지구에서의 삶은 하루살이보다 더 짧다. 밤하늘에는 10^{22}개의 별이 황홀하게 빛나고 있다. 다가갈 수 없는 그리움이요, 시작과 끝을 알 수 없는 고독의 대상이자 신神이다.

아주 먼 옛날에 콩알보다 작은 우주가 폭발하기 시작하였다. 그리고 오랫동안 어디론가 멀리 팽창해 왔다. 빛은 초당 30만 킬로미터를 날아간다. 빛이 1년 동안 날아간 거리가 9.46조 킬로미터, 곧 1광년이다.

우주는 138억 년 전에 폭발하여 지금도 확산이 진행 중이다. 우주의 지름은 930억 광년, 곧 8,800조 킬로미터에 해당한다. 은하계도 빛의 90% 속도로 어디론가 팽창하면서 이동하고 있다. 지구 위 우리는 무서운 속도로 어딘가로 우주여행을 하고 있는 셈이다. 어디로 가고 있을까? 신神만이 알고 있을 뿐이다.

누구나 자기만이 갇힌 소우주를 가질 수밖에 없다. 본인의 삶이 곧 우주요, 삶이 떠나면 자기의 우주도 사라진다. 한정적인 삶의 주체이기에 살아있는 동안의 자기만의 작은 우주인 것이다. 소우주는 사라져도 신만이 아는 대우주는 영원할 것이다.

어느 날

앞만 보고 달려온 어느 날, 해가 중천에서 석양으로 기울고 황량한 들판 앞에 서 있는 나를 발견한다. 열심히 당신과 함께 왔다고 생각했는데, 주위를 돌아보니 스쳐 가는 바람뿐이다.

달려온 길 되돌아보다가 때론 잊기로 했다. 설익은 과일처럼 지나온 길은 늘 미숙함으로 남아있기 때문이다. 향기와 공허는 모순되지만 공존하고 있고, 모두를 잡을 수는 없지만 실재이다.

혼자라는 사실을 자인하지 않기로 했다. 그렇다고 마음을 열어놓아도 더 가까이 갈 수 없는 그대에게 안달을 부리지 않기로 했다. 창가에 비친 석양 풍경만큼이나 외롭게 보이는 모습이 어쩌면 나 아닌 당신일 수도 있다는 생각 때문이다.

나와 당신이 떠도는 삶 속에는 사랑의 향기가 분명히 있다. 햇살을 잡을 수는 없지만, 몸과 마음을 따뜻하게 해준다. 그것만으로도 충분하다. 담담하게 인생길을 걸어가자.

시간

동토凍土는 녹아서 무너져야 부드러워지고, 씨앗은 찢어지는 아픔이 있어야 새 생명으로 탄생한다. 가을날 초가집 지붕 위에 덩그러니 올라앉은 박은 익을수록 자신에게 다가올 운명의 시간을 알고 있다. 쓰러질 듯 흔들거리는 늦가을의 갈대도 두려운 것은 바람이 아니라 세월이다. 시간의 흐름 속에서 변하지 않는 것은 없다. 인간사회도 시간이라는 무대 위에서 벌어지고 있는 일종의 연극이다.

사람끼리 안다는 것과 각인刻印하는 것, 공감한다는 것과 실행한다는 것은 다르다. 인간관계의 연속과 불연속 사이에 사랑이

있다. 너와 내가 가까이 있어도 거리가 있어, 좁히지 못한 채 미래의
세계로 줄달음질 치고 있다. 사람들은 시간의 수레바퀴에서 사랑이
라 매달리며 마주 보고 있다. 멈출 수 없는 바퀴 위에서 진정한 사랑
은 그 가치를 아는 자만 알 뿐이다.

봄

3월이 되니 언 땅이 맥을 못 추고 있다. 사랑의 힘만큼이나
강한 온기가 무거운 동토에 스며들고 있다. 이제 자연의 섭리에 순
응하여 이 둔탁한 아성我城은 녹아 유체流體가 되어 떠나고 있다.

얼음은 자기를 버리고 물이 되어 합쳐서 부딪치다 돌고 흐
른다. 장애물을 비켜 들로 모이고 있다. 평창 들녘은 봄빛으로 완연

하다. 청명한 하늘에서 내려온 따스한 햇볕은 냉랭한 공기를 뚫고 들녘에 퍼붓는다.

논두렁, 밭두렁을 태울 때 나는 타닥타닥 청아한 소리는 연기 속에 묻혀 하늘을 난다. 하얗게 피어나는 연기에서 땀 냄새, 거름 냄새가 난다. 고단한 농부의 냄새, 삶의 질곡 냄새, 아! 오래전에 돌아가신 아버지의 냄새!

연기 속에서 아버지의 흰머리가 아른거린다. 이제 당신의 흰머리만큼이나 늘어난 나의 흰머리도 세월의 흐름을 대변하고 있다. 계절의 변화를 느낀다는 것이 행복하다. 따스한 햇볕을 안고 가슴 설레는 봄맞이를 하고 있다.

입추

불볕더위가 힘을 잃으면서 입추에 다가섰다. 서늘함이 섞인 바람 한 줄기에도 자연의 정직함이 묻어있다. 소리 없이 찾아오는 이 작은 냉기가 낙엽을 만들 것이다. 무서운 힘이다. 오는 것은 오고야 말 것이고, 가는 것은 가야 한다. 이 열기도 언젠간 훌쩍 가 버릴 것이고, 간간이 메아리처럼 산야에 머물다 사라져 버릴 것이다.

지난여름의 산야는 생존경쟁을 위한 아비규환의 현장이었다. 이제 땅과 하늘에서 용솟음쳤던 생명의 아우성이 서서히 잦아들고 있다. 다시 돌아가야 할 본향이 기다리고 있다. 결실의 계절이란 새 생명을 위한 자신의 희생을 준비하는 시기이다.

생명의 윤회는 삶과 죽음의 바퀴를 달고 굴러가고 있다. 지나간 파도에 개의치 말자. 변화에 애가 달아 조급해하지 말자. 담담하게 바라보고 적응하자. 같이 늙어가는 친구들과 함께 잔을 들자.

세 월

얼어붙은 대지에 남쪽으로부터 온기가 스며들어 서서히 동토를 녹이고 있다. 자연의 조용한 혁명이다. 생명을 깨우는 소리, 생명이 잉태하는 고통, 이어서 생존을 위한 아비규환이 시작되고 있다.

자연의 섭리는 영원하다. 해는 동에서 뜨고 서로 지며, 움직임이 멈추지 않는다. 밤새 맺힌 이슬은 아침 햇살로 사라지고, 누구도 지난밤 이슬을 기억하지 않았다. 시간의 흐름은 계속되어 시작과 끝도 없는 무정함이 흐른다.

좌청룡, 우백호 사이에 잠든 자는 영겁에 묻혀있다. 예전 할머니는 불경을 외우셨고, 오늘 어머니는 성경을 읽고 계신다. 살아

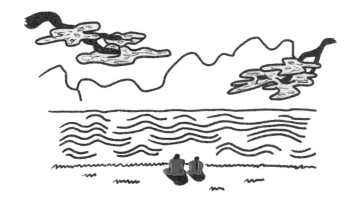

있는 자는 현세에 있으나 불안한 영혼은 임을 향해 있다. 실존實存은
신의 몫이고, 주인공이 될 수 없는 우리는 현세의 소망에 매달리고
있다. 생명의 리듬은 멈춤 없이 알 수 없는 곳으로 흘러가고 있다.

　　강물은 어제처럼 위에서 아래로 흐른다. 자연 현상은 언제
나 그대로이나 우리의 발자취는 흔적 없이 사라져가고 있다. 오늘
도 무정한 세월이 흐른다.

나 이

　　나이가 들면 젊은 날에 쉼 없이 흔들어 대는 바람 때문에 들
을 수 없었던 작은 생명의 소리도 들을 수 있다.

　　나이가 들면 굳어져 가는 틈새에 감정의 찌꺼기를 솔직하게
인정할 수 있다. 그 잔잔한 외로움을 보상해 주는 작은 감동일지라
도 가슴으로 받아들일 수 있다.

　　나이만큼 굳어버린 경지耕地이지만, 아직 스며들 여지가 있
다. 열릴 것 같지 않은 세월이 낳은 상흔傷痕에 다가갈 수 있다. 그
심연의 골짜기에 있는 닫힌 문을 열 수가 있다.

　　나이가 들면 기울기 시작한 인생 여정에서도 부끄럽지 않은
진솔함과 용기로 조용히 맞설 수 있다.

흰머리

　　초등학교 시절 책보를 등에 메고 왕복 이십 리 길을 달렸
고, 중학교 시절에는 책가방을 옆구리에 끼고 사십 리 길을 걸었다.

배움이라기보다 무엇인가 절박하게 맞서야만 했던 시절이었다. "얘야, 공부해야 한다. 배워야 면서기 질이라도 할 수 있다"는 아버지와 어머니의 간절한 소망이었다.

사춘기에 박정희 정부의 경제 성장과 과학 기술 붐이 일었다. 면서기보다 기술자가 되기 위해 사촌 형님의 집이 있는 서울로 준비 없이 버스를 탔다. 설렘과 두려움은 잠시였고, 현실과 이상의 틈 속에서 헤매며 시행착오를 겪었다. 그 시절에 겪었던 생활의 역경보다 앞으로 나아갈 길을 조언해 주는 사람이 없는 것이 가장 힘들었다. 그것은 홀로 무엇을 결정하고 홀로 실행해야만 했던 고통이자 두려움이었다.

집 떠날 때의 아버지처럼 나도 검은 머리가 흰머리 되었다. 미시령의 광풍狂風은 녹화 사업으로 조성된 숲이 막아냈다. 나도 바람에 맞서기보다 순응하는 나이가 되었다. 오늘도 미시령 바람이 부모님 산소 위로 불고 있다. 죄송함과 감사함이 범벅된 지난 시간을 되돌리며 멍하니 서 있는 나를 본다.

자네

자네. 이제 불혹不惑의 끝에 서 있구먼. 변하는 삶의 방식이 단순히 흘러가는 세월 탓만은 아닐세. 우린 항상 여기 이 자리를 지키고 있는 것처럼 보이지만, 걸어온 길을 돌아보면 늘 새로움을 추구해 왔네. 경험에서 터득한 지혜를 얻고, 경쟁 사회에서 획득한 생존방식에 적응했기에 변화에 대처할 수 있었지. 나이 때문에 생각이 많아지고, 행동하기 전에 신중해지지만, 움직이고 있다는 것은 좋은 일이지. 모두 변하고 있네.

자네, 용기를 가지게나. 이제 세파에 정면 승부를 걸지 말고 바람을 맞으면서 함께 나아가세. 지혜롭게 말일세. 너무 완벽하게 하려고 하지 마시게. 완벽해지려 들면 건강까지 해칠 수 있고, 소심해지기 쉽네. 모순처럼 들리지만, 실수를 너무 두려워하지 말게나. 그 정도 나이는 아닐세. 정면으로 맞서지 않되, 위축되면 안 되네.

자네, 너무 미적거리지 마시게. 우린 성실한 '인생 배우'야. 두려운 것이 없지 않은가! 진솔하다면 용기가 솟구치지. 내가 판단해서 던지는 말과 행동을 믿고 나가세. 지천명知天命에도 써야 할 많은 에너지가 기다리고 있다네. 담담하게 전진하세.

친구

너무 섬세한 감성으로 다가오면 조금은 부담스럽지. 열정이 솟구치다가 냉각되면 열기만큼 충격이 클 것 같아서 말일세.

우정의 본질은 교감이 아니겠나? 그것은 아름다운 것일세. 가끔 아름다움이 강 건너에 있다고 안타까워하지 마시게. 세파에 상처받은 현실의 꽃도 있다네. 너무 가까이 다가가면 실망할 때가 있어. 난 여기 이대로 있는 것이 좋다네. 무지개다리 위로 장벽을 넘을 수 있는 향기가 되고 싶네. 진솔한 교감이지.

평온함은 언제나 흔들림 끝에 찾아온다네. 흔들리는 것이 어제오늘의 문제가 아니었지. 나이 탓만도 아니네. 살아있음을 증명하니 오히려 감사해야지.

　　좀 우중충하지만 담담하게, 좀 촌스럽지만 있는 모습 그대로 만나세. 바람이 지나가는 신작로 옆 카페에서 진한 커피 한 잔 할 수 있겠나, 친구야!

단상斷想 2

뭉게구름

긴 장마가 걷히고 나니 푹 빠지고 싶은 파란 하늘에 하얀 뭉게구름이 떠올랐다. 따가운 햇볕 사이에 나타나 백의의 천사처럼 청아하게 몸짓하고 있다.

어릴 적 고향 하늘에 있었던 뭉게구름. 사슴, 토끼, 호랑이, 고래…. 아! 어머니의 얼굴!

행복을 덧칠해 주는 뭉게구름에는 그리움이 걸려있다. 희망을 덧칠해 주는 뭉게구름에는 설렘이 걸려있다. 내 가슴에도 뭉글뭉글 뭉게구름이 떠오르고 있다. 지금 나는 꿈을 꾸듯 뭉게구름과 함께 하늘로 날고 있다.

눈

눈이 내린다. 꿈이 내린다. 내 젊은 날의 꿈이 내린다. 청춘의 추억도 함께 내린다. 닿을 수 없는 아득함이 온몸으로 몰려온다. 그들은 어디쯤 가고 있을까? 그리움을 싣고 눈이 내린다. 보고 싶은 얼굴들이 새하얀 그리움으로 쌓이고 있다.

낙수

다람쥐의 숨소리도 들릴 것 같은 겨울 산에 지난밤 잔설이 백화가 되어 만발했다. 아침 햇살에 은빛 설화가 빛날수록 곧 사라져야 할 운명이 기다리고 있다.

따스한 온기가 파고들어 이 몸을 물[水]살라 버리니 육신 녹아 눈물[雪水]이 되어 이별의 낙수 소리를 전한다. 낙수는 강물이 되고, 바다가 되고, 하늘에 올라 구름이 되고, 잔설이 되어 다시 눈꽃으로 돌아온다.

나도 돌고 돌아 또 다른 육신으로 돌아오려나? 시간은 끝없이 허공을 맴돌고 있다.

노폐물

혈관 벽에 쌓인 찌꺼기처럼 나이가 들면서 마음에도, 인간 연결고리에도 노폐물이 쌓인다. 경험의 잔류물로 인해 미리 판단하기도 하고, 그래서 실망하기 쉽다. 편견을 가지는 것은 내 영혼에 붙어 있는 찌꺼기 때문이다. 시원하게 떨쳐버리지 못해 부끄러워 너에겐 더욱 미안하다.

코로나

사그라드는 냉기를 누르고 온기가 찾아오는 봄날, 변함없이 만물은 깨어나 움직이고, 생명체는 생동감에 넘쳐 합창하고 있다. 그러나 학생들이 분주히 움직여야 할 캠퍼스는 쓸쓸하기 그지없다. 코로나 19 바이러스 유행.

하나밖에 없는 지구 행성에 예기치 못한 생명체 간의 생존 경쟁으로 인간 세상이 혼란스럽다. 보이지도 않는 작은 바이러스가 침입하여 인간을 넘어뜨리고 있다. 바이러스는 단지 먹이사슬을 형성하는 하찮은 생명체이지만, 인간에게는 공포 그 자체다. 우주의 왕자인 양 당당했던 지구촌 인간들이 먼지보다 작은 미생물로 인해 떨고 있다.

학교도 문을 닫고 인터넷 온라인 강의로 대체하고 있다. 사람을 멀리하는 상황에서 경제는 얼어붙어 국민의 삶이 흔들리고 있다. 화사한 봄꽃과 대비되어 더 쓸쓸한 느낌. 바이러스 때문에 사람이 사람을 밀어내고 있다. 사회적 거리 두기는 마음까지 거리를 두고 있다. 단절된 세상에서 가상의 온라인만이 바쁠 뿐.

나목이 신록으로 변하는 5월의 캠퍼스는 고요 속에 묻혀있다. 2020년 '코로나 봄날'도 이렇게 흘러가고 있다.

청양고추

고은리 밭에 청양고추가 매미 소리 들으면서 주렁주렁 달렸다. 예전에 아버지가 즐겨 드셨던 풋고추다. 삼복더위에 땀으로

범벅이 된 아버지는 풋고추를 된장에 찍어 바삭바삭 씹어 드시곤 했다. 화끈한 매운맛과 정적을 깨는 바삭 씹는 소리는 고된 노동을 잊게 하는 진통제였으리라.

주말농장에서 따온 청양고추를 생전의 아버지가 그랬던 것처럼 씹어본다. 매운맛이 입안에서 고통을 주지만, 마음은 아버지에게로 달려간다. 애들은 얼굴을 찡그리며 매운 흉내를 낸다. 내가 지금 아버지를 생각하는 것처럼 애들이 내 마음을 이해할 날이 올까?

한국화

호수는 안개를 피워내고, 버드나무 아래 선비는 담소를 나누고 있다. 산 위에 바위가 솟아있지만, 험난함이 어느 정도인지 알 수가 없다. 여백과 붓끝에서 흘리는 먹물선이 있을 뿐 작가는 실제로 무엇을 형상화하거나 의미를 전달하려 하지 않는다. 보는 이도 그 여백을 애써 알려고 하지 않는다. 가까이서 보면 거친 붓 자국이 지나갔을 뿐, 뒤로 멀리 떨어져 보면 그림 자체가 희미하게 보인다. 적당한 거리에서만 아름다운 전경이 시야로 들어온다.

우리의 일상도 화폭의 대상이 된다. 습관적으로 가까이 가려고 하고, 내면의 세계까지 범하려 든다. 특히 인간 관계에서 오는 따뜻한 감정을 오래 유지하기 위해서는 적당한 거리에서 한국화를 보는 것처럼 하라. 일상의 만남이 한국화 속의 여백처럼 비어 있었으면 좋겠다. 붓 자국이 보이지 않도록 조금 멀리 있으면 좋겠다.

아름답고 진솔한 관계를 위해서는 여유와 적절한 거리가 필요하다.

옹 이

빛을 그리워하다 멈춰버린 삶. 네가 살려고 몸부림하면 함께 죽지만, 네가 죽으므로 진정 너는 살 수 있다.

아문 상처가 추하다고 놀리지 마라. 재목 가치가 떨어진다고 깎아내리지 마라. 죽음이 승화되어 멋진 무늬로 남았다.

너무 애달파하지 마라. 큰 생존을 위한 아름다운 희생이다.

강 의

캠퍼스에 때아닌 봄눈이 내리던 날, 나무들은 아프다. 가지 끝 움트려는 싹이 다시 움츠린다. 살 에이는 고통을 조금 더 견뎌야 하나 보다.

개강이다. 첫 강의를 끝내고 연구실에 돌아와 창밖을 본다. 나목이 신록으로 옷을 입기 시작했다. 중간고사가 지나면 대룡산 전체가 성하盛夏의 푸름으로 채워진다. 자연의 섭리에 따라 생명체가 합창하고 있다. 8월 더위에 생명체는 왕성하다 못해 발악하고 있다.

2학기 강의가 시작된다. 〈9월의 노래〉를 들으며 녹음이 피곤해지는 순리를 지켜본다. 가을이 다가오고 있다. 그토록 아우성치던 생명체들도 서서히 수그러진다. 따스한 한 줄기 빛을 맞으며 힘겹게 생명을 연장하고 있다. 찬바람이 알게 모르게 속살로 스며 온다.

강의는 계절의 흐름을 타고 시작하여 다시 흐름을 타고 끝났다. 구수한 커피를 들고 창밖을 바라본다. 바람에 나뭇잎이 떨어져 뒹굴고 있다. 유리창 안의 따뜻함과 창 너머 냉기가 대비되는 계절이 왔다. 내 시간도 그렇게 달리고 있다.

단상斷想 3

아름다움

누구든 하루 24시간을 보내면서 보고 듣고 느끼며 살아간다. 그렇지만 대상을 인식하는 차이와 깊이는 각자 다르다. 느끼고 누리며 생활하는 자도 있지만, 삶의 쳇바퀴 속에서 허덕이며 만사 만족하지 못하는 자들도 있다. 행복을 선사하는 아름다움은 어디에 존재하는가? 우리의 마술魔術은 어디에서 나오는가?

밤하늘의 무수한 별과 그 경외함에서 출발하여 현재 접하고 있는 대상對象까지 아름다움이 널려있다. 눈을 통해 뇌가 대상을 인식하지만, 이도 마음을 통해야 느낌과 접목할 수 있다. 마음은 많은 영상과 사고를 전사해서 풍요와 빈곤을 만들어 낸다. 아름다운 대상이 외적·영적으로 존재할지라도, 그것을 투영하는 가슴이 없으면 볼 수 없다. 중요한 것은 느끼는 자만이 가지고 있는 맑은 마음이다. 볼 수 있는 마음이 있어야 한다. 맑은 영혼으로 기쁨을 받아들일 수 있는 마음의 공간이 있어야 한다.

화창한 봄날의 목련꽃, 폭풍우에도 자태를 뽐내는 백일홍과 가시 달린 붉은 장미꽃, 찬 바람이 부는 늦가을의 국화와 가냘픈 코스모스 화사한 것이 있고 볼수록 친근감이 드는 것도 있다. 서양란처럼 현란하고 매혹적인 것도 있지만, 동양란처럼 향기가 은은하고 질긴 것도 있다.

찬란한 개화開花 뒤에는 허무한 낙화落花가 있고, 새생명의 잉태(씨)를 위해 자신은 늙어 죽어야만 한다. 그래서 젊고 영원한 아름다움은 없다. 오직 아름다움을 기억하는 상상만이 있다. 인간사도 비슷하다. 인간이 느끼는 아름다움이란 외모와 상관없이 오래오래 유지되었으면 좋겠다.

결국, 상대의 내면까지 사랑한다는 의지意志가 결부되어야 아름다움이 오랫동안 머물 수 있을 것이다. 맑은 마음으로 긍정의 문을 활짝 열고 상대를 대하자. 아름다움의 깊이가 더해갈 것이다. 인간에게는 지혜로운 눈으로 입체적 본질을 바라보는 눈이 필요하다.

독 백

내 마음에 바람이 일면 덩달아 흔들리지 말자. 노을빛 물든 강가 바람에 흐느적거리는 코스모스를 담담하게 관조하자. 바람이 남긴 상흔까지도 어루만져 보자.

내 마음에 유혹의 바람이 스치면 담아두었던 그 무엇을 함께 날려버리자. 그까짓 손에 쥐었던 것도, 가슴에 품어왔던 것도 훨훨

그리움이 있어 행복하다

털어버리자.

내 마음에 훈풍이 일면 가슴으로 수용하자. 두 팔을 벌리고 하늘을 보고 밤하늘의 별을 세어 보자.

내 마음에 그 누구라도 훈훈하게 맞이하자. 세상 풍파에 시달려 빨간색, 파란색이 덧칠되었어도 세속 탓을 하지 말고 감싸보자. 중년에 샘솟듯 솟아나는 깨달음을 소중히 여기자. 헛된 열정 때문에 구속받기보다 시와 노래, 유머로 승화시켜 향기로 남도록 하자.

혼 돈

나의 영혼은 무형의 날갯짓으로 하늘을 날고 있다. 나른한 봄날의 조각 꿈처럼 설레다가도 여름날의 먹구름을 만난 것처럼 혼란스럽다. 원하든 원치 아니하든, 과거와 미래를 마음대로 넘나들다가 현실로 돌아오곤 한다. 현실의 집착, 자유로운 떠돌이가 영육 靈肉에 혼재되어 있다. 고향이여! 너는 어디에 있는가?

집 착

소유하고 싶었던 것, 열정적으로 빠져들고 싶었던 것도 세월 앞에서는 시들어간다. 때로는 짐이 되어 귀찮아지고, 그 귀찮음이 삶의 무게로 남는다.

어린 시절 예쁜 벽지 한 장만 달라고 아버지께 졸랐던 일, 초등학교 시절의 쫄쫄이바지, 고등학생 때의 나팔바지, 미국 매사추세츠 대학교 방문 연구자 기념패, 벨기에 겐트대학에서의 서류

묶음, 그 외 소소한 기념품···. 세월이 지나니 부질없게 느껴진다.

옷장에 많은 옷이 걸려있다. 낡아서 입지 못하는 게 아니라 입기 싫어서 밀린 산물이다. 옷을 바꿔 입을 때마다 살 때의 기분을 생각해 본다. 취향이 많이 변했다는 것을 느낀다. 세월은 생명을 나른다. 생명의 탄생만 있는 것이 아니라 그 소멸도 있다. 시간은 생명과 평행하여 흐르고, 집착의 허무를 알려준다. 세월은 끊임없이 나를 변하게 만든다.

설 렘

지금까지 달려온 길을 중년에서 되돌아본다. 열심히 달려온 것에 후회는 없지만, 약간은 허전하여 가슴에 잔잔한 물결이 치고 있다. 달려오면서 지나쳐 버린 잔영 때문일까? 그게 완성하지 못한 휴머니즘의 고향일까? 아니면 미완성의 존재로 인한 아쉬움일까?

마음을 활짝 열어 주위를 둘러본다. 그리고 나와 함께해 온 모두를 소리 내어 불러 본다. 자연, 하늘, 별, 사랑, 학문, 가족, 홍사단, 운동, 농사···.

따뜻한 봄바람에 살랑거리는 어린나무의 순처럼 나에게도 가슴 떨리는 일들이 일어날 수 있을까? 이 나이에 원초적 그리움을 담을 수 있을까? 평생의 업이었던 식육학Meat Science에서 설렘을 발견할 수 있을까?

장마가 끝나고 청명한 하늘에 흰 구름이 몰려오던 날, 아니면 낡고 무디어진 감성 때문인지 덤덤한 기분이 드는 날에 숨어있는 설렘을 찾아보련다.

그리움

언제까지 자연 그대로 존재할까? 항상 그 자리에 있는 것 같지만, 지구상에서 영원토록 본래의 모습으로 남아있는 것은 하나도 없다. 미국의 그랜드 캐니언이 20억 년 전에는 평지였고, 애리조나의 사막에 널려진 지름 2m가 넘는 석화목石化木은 수억 년 전 옥토에서 성장했던 나무이다.

지금 보이는 개체가 영원한 형상이 아니다. 생물이든 무생물이든, 고정된 것은 없다. 옛날의 모습이 오늘의 것과 다르고, 미래에도 달라진다. 만물은 쉬지 않고 움직인다. 적막한 산중 나뭇가지 끝에서도 생명이 싹트고, 또 사라진다. 생명의 윤회는 계속된다. 변하는 것이 어찌 생명뿐이랴. 태고부터 무에서 유로 출현한 모든 형상은 멈출 수 없는 시공을 타고 흐른다.

있다는 것 자체가 없다는 것일까? 있는 것 자체를 언어로 토해내지 못하고 멈칫거린다. 결국, 우주는 존재하지만, 본인이 생명을 잃어버리면 아무 것도 없는 영역에 갇혀버리는 것일까? 확인하고 싶어질수록 멀어지는 메아리. 한없이 별을 쳐다보고, 나의 내면을 확인하고 싶은 까닭은 그 원초적 그리움 때문이다.

느 림

천천히 가는 것이 빨리 가는 것만큼 힘든 세상이다. 사회는 빨리 가도록 강요하고, 대중은 이에 쫓아가려 허덕이고 있다. 여유가 없는 세상이다. 주위 여건에 상관치 아니하고 유유히 인생길을 걸어가도록 내 버려두지 않는다.

천천히 가보자. 골프채도 천천히 휘둘러보자. 아주 편안하게 등산을 즐겨보자. 식사도 천천히 해보자. 해외여행도 여유 있게 해보자. 모두가 희망 사항이다. 이미 굳어버린 조급증을 고치는 게 쉽지 않아 보인다. 나도 모르게 몸에 배어버렸다.

"형님, 골프 스윙을 좀 천천히 해보세요."

"아우야, 몰라서 못하는 게 아니야. 천천히 하려고 하는데도 자꾸 빨리 나가는데 난들 어찌하라고!"

어느 선배의 답이다. 세상은 느긋한 것보다 서두름에 익숙해져 있다. 의도적으로 느림을 실천해 봤다. 내가 자주 가는 금병산을 천천히 올랐다. '홀로'의 자유를 만끽하면서…. 금병산은 늦여름의 열기가 고개를 숙이며 초가을의 성숙으로 빠져들고 있었다. 맑은 하늘 아래 시원한 바람을 만났다. 변해가는 낙엽의 색깔을 보고, 향긋한 솔잎 향을 맡았다.

하산할 때는 시골 마을로 돌아오는 코스를 택해 사람 사는 모습을 기웃거리고, 저녁노을도 보았다. 그래서 평소보다 50여 분 더 소요되었지만 그만큼 많은 것을 보고 느낄 수 있었다. 느림 덕분에 행복을 더 많이 담을 수 있었다.

흔들림

잔잔한 호수에 이는 파문처럼, 비바람에 견디는 버드나무 가지처럼 난 오늘도 흔들리고 있다. 세월 타고 온 그 무엇이 나를 흔들어 대고 있다. 대상으로 인해 흔들리고 자아끼리도 부딪치고 있다. 흔들거리지 않는 삶이 어디 있으랴. 사랑도, 문학도, 예술도, 나아가 역사도 알고 보면 흔들림의 산물이다. 우리 삶이 그런 것이거늘.

관 계

누구도 외면하지 마라. 낙화도 다음 세대를 위한 생명의 변화 과정이니. 시들어가는 꽃잎을 무시하지 마라.

누구에게도 집착하지 마라. 애정은 변하는 것이니, 하늘거리는 꽃의 매력에 빠지지 마라.

가까이 있다고 영혼을 공유하는 것이 아니요, 멀리 있어도 이별이 아니다. 더 사랑하고 덜 상처받기 위해 너와 내가 연결되는 적당한 거리와 공간, 그 관계를 존중하라.

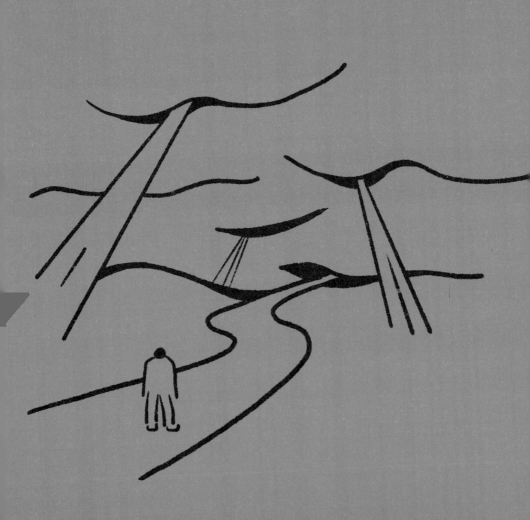

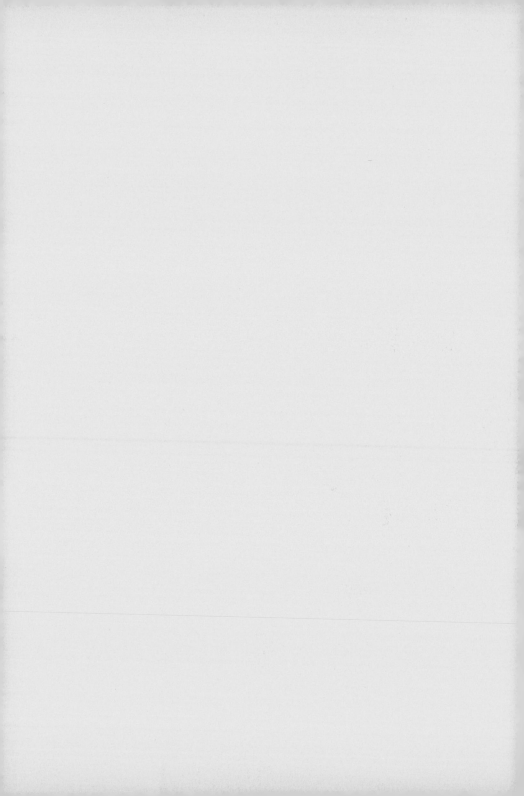